こまどりたちが歌うなら

寺地はるな

Haruna Terachi

集英社

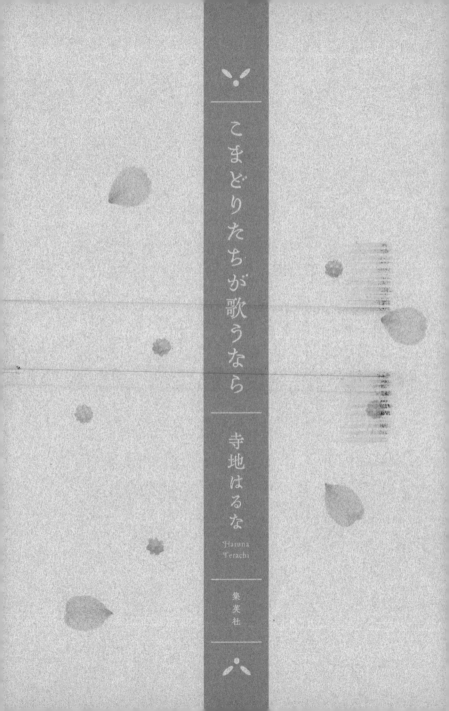

こまどりたちが
歌うなら
目次

こまどりたちが歌うなら

第一章　春の風

呼称が変わる、ということ。

まず出世魚のように体のサイズで呼ばれかたが変わる場合がある。人間も成長過程に応じて「赤ちゃん」「幼児」あるいは「青年」「中年」などと分類され、「ちょっと、そこのぼく」とか「おい、おっさん」とか、そんなふうに呼びかけられる。

名字にさん付けで呼んでいた人を名前にちゃん付けで呼ぶようになるのは、当人ではなく両者の関係が変化したためだ。そんなことを考えながら、茉子《まこ》は目の前の相手を眺めている。相手の名は吉成伸吾《よしなりしんご》という。親同士がいとこで、ずっと「伸吾くん」と呼んできたのだが、今日からは「社長」と呼ばなければならない。さきほど言い間違えて「しん、し、社長」と口走ってしまい、伸吾は「今、一回『紳士』って言わんかった？」とおかしそうに肩を揺すった。

顔が小さいのか、着用しているマスクが大きすぎるのか、目のすぐ下から顎まで不織布の生地で覆われていて、伸吾の顔の造作はほとんどわからない。二十七歳の自分より五つか六つ年上だ。五つか六つ。どっちだかわからない。どっちでもいいじゃないかとも思う。

伸吾のいない場所で伸吾について考える時、茉子の頭にはなぜか毎回、現在の伸吾の姿ではなく中学生の頃の姿が浮かぶ。続けて、寿司のことを考える。正確には寿司のシャリ部分のことを。親戚の集まりの場で寿司桶に並んだ白いかたまりをせっせとつまみ上げていた細い指と酢飯でふくらんでいた青白い頰のことを、なつかしいというのともすこし違う、ちょっと複雑な気持ちで思い出す。

集まりの詳細は忘れた。誰かが婚約したとか、初節句を迎えたとか、とにかくなにかそういう、めでたい方向性だった。襖《ふすま》をとっぱらって広くした二間の和室に、長いテーブルがふたつ置かれていた。仏壇に近いほうが大人のテーブルで、もういっぽうが子どものテーブルだ。伸吾は紺のブレザーの制服を着て、子どものテーブルにいた。大人のテーブルにいる中学生もいたが、伸吾はおそらくお世話係だったのだろう。茉子のコップにファンタオレンジを注いでくれたり、誰かが食べこぼしたものをさっと拭いたり、たいへんな甲斐甲斐《かいがい》しさだった。

その日の茉子は、ひどく機嫌が悪かった。理由ははっきりしている。隣に座っていた同い年のいとこのユウヒが目の前に置かれた寿司桶に興奮して絶え間なく金切り声を上げていたからだ。茉子の「黙れ」という警告を嘲笑《あざわら》うように、さらに声を大きくした。

ユウヒの興奮は徐々に増していき、なにを思ったかとつぜん寿司のネタ部分を小皿にすっかり攫《さら》い、廊下に遁走《とんそう》した。啞然《あぜん》とする茉子に向かって、ユウヒは二枚のイカでマグロを挟んだものを箸でつまんで「サンドイッチ」と見せびらかしてきた。

茉子にとって「食事中にテーブルを離れる」と「食べ物で遊ぶ／食べ物を粗末にする」は大罪だった。ユウヒはきっと怒られる。それは予想ではなく、願望だった。怒られてほしい。いや、怒られろ。四歳の頃にユウヒからリカちゃん人形を奪われて首をもがれたことを、八歳の茉子は忘れていなかった。お前は一度こっぴどく叱られるべきなのだ。しかし大人たちは話に夢中でユウヒの悪行にはまったく気づかない。

「あんな食べかたしたら、怒られるよな」

声を大きくして、「な、な」とはす向かいに座っている伸吾に訴えると、伸吾は困ったようにユウヒを見やり、それから寿司桶に残されたシャリ部分をもくもくと食べはじめた。大人たちがこちらに視線を向けた頃には寿司桶はきれいに空になっていた。ユウヒは「廊下で食べている」ことを軽く注意されたのみで、寿司のネタだけを食べるという許されざる行為については一切お咎《とが》めを受けずに済んだ。

ユウヒ。今は東京で会社員をやっているらしいユウヒ。粗暴で粗忽《そこつ》で粗雑なふるまいをしても「男児ってこんなもん」「やんちゃぐらいでちょうどええ」と許され続けて大人になってしまったユウヒ。もし大阪に戻ってきたとしても、もうお前にゃ関わりたくないぜユウヒ。

「ちょっと、話聞いてる？」

伸吾に声をかけられて、はっと背筋を伸ばした。今日はこの『株式会社吉成製菓』での初出勤日なのだ。ユウヒのことを考えている場合ではない。

「小松《こまつ》茉子さん」

手帳に目を落とした伸吾が、ふいに茉子の名を口にした。小松茉子。上から読んでも下から読んでもコマツマコです、と説明するとたいていの人は一度で覚えてくれる。

「はい」

「会社では小松さんと呼ぶから。茉子とか茉子ちゃんって呼ぶのはさすがにまずいしな」

「そうですね」

伸吾もひそかに呼びかたに戸惑っていたのかと思うと、ほんのすこし緊張がほぐれる。

「今日からよろしくね、小松さん」

伸吾はスーツの上から胃のあたりを押さえるような仕草をしながら、まだなにか喋《しゃべ》り続けている。どこかの大きな会社の社長が入社式で新入社員全員に向けて語ったものをなぞっているような、空疎《くうそ》な言葉がつるつると床のうえを滑っていく。茉子の表情に気づいて、伸吾が口を噤《つぐ》んだ。

「やめよ、こんな話」

「はい。それがいいと思います」

首をすくめる伸吾は気まずそうだし、茉子も同様だ。さっきからずっと「社長のコスプレ」をしているようにしか見えない。本人が嬉々としてやっているならともかく、この苦しげな表情ときたらどうだ。とてもじゃないが見ていられない。

「じゃあ、会社を案内するから」

ドアを開けて、敷地内に一歩踏み出した。外はよく晴れていて、ホイップクリームのように淡い光が、俯《うつむ》いた茉子のストラップシューズに落ちる。よく磨かれた伸吾の靴のつまさきにも。並んで立ってみると、伸吾は記憶より背が高かった。身長百五十五センチの茉子は、顎をぐっと持ち上げなければ目線が合わない。

社名入りの水色の上っ張りがこの会社の制服だった。下はスカートでもワンピースでもパンツでも、華美でなく清潔感のある服装であればなんでもかまわないという。茉子は以前からべージュのストッキングにパンプスというスタイルになじめず、今日はいつも履いているようなヒールのない靴に、黒い靴下を合わせてきた。

色が好きじゃない。上っ張りの裾を引っ張りながら思う。水色は好きだが、この水色はなんだか図工が苦手な小学生が青と白の絵の具を先生に言われるがままパレットの上で混ぜたような色だと感じられる。あるいは「水色やったら清潔感あるやろ」と偉い人がぞんざいに選んだような色であると。

桜はもうほとんど散りかけている。風が吹いて、無意識に首筋に手をやる。伸ばしているというわけではなく、「美容院行くのめんどいな」と思っているうちに肩に届いてしまった髪を、今日は後ろでひとつに結んでいる。そのせいか首がやたらとすうすうして落ち着かない。

「ここが、事務所ね」

今出てきたばかりの建物を仰ぎ見た。昔はプレハブやったんやで、とのことだった。

「昔ってどれぐらい昔ですか」

「俺が子どもの頃」

十数年前に建て替えたという事務所は色といいかたちといい、サイコロじみている。ドアのある正面が一の目で、南側のふたつ並んだ窓の面が、二。ちょっと転がしてみたくなる。

事務所の内部はさきほどすでに見せてもらった。入ってすぐのところにカウンターがあり、中央に島のようにスチール机が五つくっつけられている。ドアにいちばん近いのが茉子が座ることになった席で、その向かいは亀田《かめだ》という事務員の席だという。

「先に言うとくけどな、亀田さんはパートさんやねん」

「はあ」

パートさん。不思議な呼称だ。

「話題は慎重に選ばなあかんで」

「話題、ですか」

「うん。賞与のこととか、いろいろ」

正社員とパートタイマーでは待遇が違う。世間話のつもりが思わぬ軋轢《あつれき》のもとになる、と伸吾は言うのだった。

亀田は五十代の女性で、すでに二十年以上も勤めているという。仕事の内容も量も正社員と同じか、それ以上であるらしい。なのにパートタイムなのか、と茉子は思い、すぐになにか理由があるのかもしれないと思い直す。そういう勤務形態を選ぶだけの理由が。

工場の製造スタッフにも「パートさん」がいるが、彼女たちと違い、亀田だけは社会保険に加入し、正社員よりは少ないながらも賞与が支給される。「パートさん」のうえに「特別な」がのっかった。亀田さんは、特別な、パートさん。

「女同士ってな、いろいろ揉《も》める時あるやろ」

会社という場において、待遇の差異から軋轢が生じる可能性などいくらでもある。性別は関係ないと言おうとしたが、伸吾がまた胃のあたりを押さえて眉をひそめたので黙っていた。

今日から茉子はこの社員三十五名のちいさな会社の、総務的なことや経理的なことその他諸々《もろもろ》の細かい仕事すべてを任されることになっている。会社直営の和菓子屋『こまどり庵《あん》』で人手が足りなければそちらに駆り出される日もあるらしい。

茉子と亀田のそれぞれ隣は営業の社員の席で、ドアと向かいあうかたちで設置された机が伸吾の席だった。さっき見た時には、ノートパソコンの脇に『デキる人の時間管理術』という、デキる人は読まなそうな本が置かれていた。

カウンターの右側には、応接室に続くドアがあり、左側に会議室のドアがある。茉子と伸吾が話していたのはこの部屋だ。禁煙のはずだが、なぜか長テーブルには巨大なガラスの灰皿が鎮座していた。事務室の奥に給湯室とロッカーが置かれた狭いスペースとトイレ。社長室はない。社員のための休憩室のようなものもない。あるとも思っていなかったが。

サイコロを背にして、会社の敷地内を歩く。桜が植えられた歩道の先に工場がある。事務所はまだ新しいが、こちらは古い。築四十年といったところだろうか。ここで製造された商品が、ここから徒歩十分以内の距離にある『こまどり庵』に届けられる。『こまどり庵』はかつて市内に三店舗あったが、今はひとつだけだ。

「茉子……小松さんは、『こまどりのうた』を食べたことはあるよな？」

数歩先を歩いていた伸吾が振り返る。

「はい、もちろん」

『こまどりのうた』はつぶ餡《あん》がごく薄い皮につつまれた饅頭《まんじゆう》だ。いちおうこまどりを模しているらしいのだが、あまりにも丸っこいフォルムゆえ、角度によっては鳥らしく見えない。市の特産品である蓮根《れんこん》が生地に練りこまれているが、食べてもわからない。もちろんひとくち食べてわかるほどに蓮根がはげしく自己主張しているような饅頭はあまりおいしくないだろうということは茉子にも想像がつく。

この市内は昔、大規模な湿地であったと聞いている。こまどりが生息していそうな山などなく、なぜ「こまどり」だったのかは今もって謎のままだった。工場では『こまどりのうた』に加え『河内《かわち》銘菓・福娘』『大阪恋しぐれ』といった商品を製造している。福娘はどらやきで、恋しぐれは最中《もなか》だ。それに加え、他社からの委託によって製造している饅頭や飴《あめ》、羊羹《ようかん》なども ある。とても「忙しそう」だと、他人事のように伸吾は言った。

「他社からの委託、ですか」

「そう。観光地とかに売ってあるやん、地名入りの饅頭とか。ああいうやつを中身だけうちがつくったりしてんねん」

コロナのアレで一時期はきびしかったらしいけどなあと、やっぱり他人事のように頼りない声を発する。

工場のスタッフは二十名。工場長以下数名をのぞくほとんどが主婦のパートタイマーで、基本的にみんな仲が良くていつもにぎやかとのことだったが、この時間はまだ誰も出勤しておらず、廃墟《はいきょ》のごとく静まりかえっている。

「伸吾くん」

数歩先を歩く背中に声をかけると、伸吾は振り返った。社長やろ、と訂正することもなく、黙ったまま茉子を見返す。

「だいじょうぶ?」

「……事務所に戻ろうか。そろそろ亀田さんたち、出勤してくるから」

質問には答えずに踵《きびす》を返した肩に、桜の花びらが一枚ついていた。必死にしがみついている花びらが、伸吾の姿と重なる。

四月からこの『吉成製菓』に入ったのは、年度初めに合わせたわけではなく、会社の都合だ。最初に事務員を募集しているという話を聞いたのは去年の秋のことで、その頃の茉子はまだ、新卒で就職した『株式会社鮒尾《ふなお》フーズ』の経理部に所属していた。

全国にファミリーレストランとカラオケボックスとトレーニングジムを展開していた『鮒尾フーズ』は、新しい感染症が広がった二〇二〇年以降売上が大幅に減少し、希望退職者を募っていた。経理部は人員削減で以前の半分の人数になり、負担が増大した。在宅勤務はしないという方針だった。毎日、ポケットの中に数個ずつ小石を投じられるような日々で、気がついたら数歩歩くだけでも息が切れるようになっていた。なかでも他部署の人が悪意なく、おそらくは冗談のつもりで口にする「計算は機械がやってるし、うちよりマシやんな？　ええよな、デスクワークは楽で」というような言葉は、とりわけ重みのある小石だった。

忙しいのは別にいい。よくそんなふうに思っていた。仕事が好きなわけではないが、がんばったらたいていのことはできる。こなせる。耐えられる。そういう人間だ、という自負が茉子にはあった。けれども日々他人に侮られながら働くのには、耐えられなかった。

そう言いながらも、辞める決心はなかなかつかなかった。同僚や先輩がどんどん辞めていくためにタイミングがつかめなかった、という理由も正直ある。

虎谷《とらや》のことは、と思う。それ以上言葉が続かない。その名を、その顔を思い浮かべると、とたんに身体《からだ》がこわばる。虎谷のことは、退職を決意するための決定的なできごとではなかった。

でも、茉子にひとつの決意をさせたことはたしかだ。もう二度と同じ失敗はしない、という。そして、この会社でそれは難しい、という結論が出た。

そこへきての、伸吾からの『吉成製菓』への誘いだった。二〇一九年の秋頃、伸吾の父である修一《しゅういち》おじさんは心臓をわずらい、その病気の発覚をきっかけに息子の伸吾に社長の座を譲り、会長に就任したのだ。

会長はもうほとんど会社に顔を出さない。大病をしたあとなのだから無理もない。持病がある人はそうでない人よりあれやこれやの感染のリスクに敏感になる。現在はおもに自宅で過ごしているが、会社の様子はつぶさに知りたがる。引退はしたけど、まだあれこれ干渉はする。実権は依然として会長が握っている状態だ。

「事務の子が辞めんねん」

いい子やってんけど、と呟《つぶや》いた伸吾の声がわずかに湿った。会長は伸吾が面接をして採用した「いい子」が一年余りで辞めるのは「お前に人を見る目がないから」だとご立腹で、だから後釜には会長自ら選んだ人物を据えたがっている。伸吾が言うには四十代の男性で銀行に勤めていた経験があり「会長と個人的に親しい人の息子さん」だという。

「ええやん、その人に来てもらったら？　頼りになりそう」

フォローのつもりで口にした言葉が、伸吾の眉をひそめさせた。

「嫌や。そんな人にずっと監視されながら働くことになると思うと、それだけでもう」

眉根を寄せて胃のあたりを押さえる伸吾には今のところ事務員の「パートさん」からも、古株の営業社員からも工場のスタッフからも、『こまどり庵』の職人からも「たよりない三代目」だと思われているという自覚があり、いったん自覚してしまうとうかつに愚痴《ぐち》も吐けず、誰かひとりでもいいから社内に気を許せる相手がいたらいい、と切望するようになったのだという。

「会長、たぶんその人に毎日俺の仕事ぶりをチェックさせて報告してもらうに違いないわ。耐えられへん」

茉子ちゃん来てやと両手を合わせられ、飲み会に誘うみたいに言うなあと呆《あき》れながらも、悪い気はしなかった。こんなにも必要とされたのは生まれてはじめてかもしれないと思い、『鮒尾フーズ』で毎日「楽な仕事をやっている人」扱いされ淀《よど》んでいた心が、わずかに澄んだ。

「でもさ、修一おじさん、それで納得する？」

「だいじょうぶやって、茉子ちゃんなら」

父は面倒見がいい、親戚の子をないがしろにするはずはない、と伸吾は請け合ったが、話はそう簡単には進まなかった。しかし会長の選んだ件《くだん》の男性が辞退したこともあり、最終的には茉子が採用された。ちなみに男性が辞退した理由は「給与が安い」だったらしい。

「俺のことを信頼できない会長の気持ちもわかる」と、伸吾は自分の父親を庇《かば》う。「実際ど素人やし、和菓子のことも、経営のことも」という、その理屈は間違っていないのかもしれないが、茉子にはそれが歯がゆい。

『吉成製菓』に入る前の伸吾は老人ホームに勤めていた。たしか難しい名称の資格も持っていたはずだ。それは伸吾が望んで就いた職業のはずで、なぜ今『吉成製菓』を継ぐことになるのか、茉子にはそれがわからない。

会長はもともと伸吾に会社を継がせる気はなかった。「伸吾に経営は向いてない」と公言していた。後継者については当然考えてはいたのだろうが、具体的に誰と決めていたわけではなかったことが今回の病気ではっきりした。会長も会長やで、とは思う。でもそこで「自分がやらねば」と考えた伸吾も伸吾だ。父親を心配する気持ちはわかるのだが、親が病気になったから自分がやるしかないなんて、そんな理由だけでこの先ほんとうにやっていけるのだろうか。そういう意味での先刻の「だいじょうぶ？」だったのだが、無視されてしまった。

『吉成製菓』は、もともとは会長の両親にあたる人たちが営んでいた『こまどりや』という小さな和菓子屋だった。団子やおはぎを売る三坪ほどの小さな店が会長が継いだあとまもなく会社になった。

歴史ある建造物や有名な観光スポットがあるわけでもないこの街に「銘菓」を生み出す、と奮起して考案したのが『こまどりのうた』だったのだが、残念ながら今も銘菓というほど有名にはなっていない。それでも会社は去年、創立四十周年を迎えた。三十周年の時に外注したというロゴマークはもちろんこまどりの絵だ。社用車にも名刺にも印刷されている。

ロゴマークについて考えている茉子の前を白いものが横切った。風にのって飛ばされていく桜の花びらだった。

あれも、たしか四月やったんとちゃうかな。伸吾のあとについて歩きながら、茉子の意識はロゴマークから遠い昔に見た庭へと飛んでいく。三月の終わりだったかもしれない。とにかく祖父の家の庭の桜がきれいに咲いていた。風もないのに花びらが散り落ちるさまは、保育園の生活発表会の時に見た紙吹雪を思い出させた。

その前年の暮れから入院していた祖父が死んで、大人たちは葬儀の準備に忙しく、茉子はずっとほうっておかれていた。ほうっておかれても、「そこでおとなしくしていなさい」と言われたら、いつまでもそうしていられる子どもだった。

死の意味がわからないほど四歳は幼くなかったが、棺《ひつぎ》の中の祖父はただ眠っているように見えた。今にもぱちっと目を開いて、頭を撫《な》でてくれそうだった。だからやっぱり、ほんとうはよくわかっていなかったのだろう。

火葬を終え、骨だけになった祖父を見た瞬間に、茉子は大声で泣き出してしまった。人間は死ぬと焼かれるし、骨だけになる。ようやく理解した。嫌になるほどしっかりと。茉子の記憶では、このあとの場面が唐突に車の助手席に切り替わっている。泣き叫ぶ茉子を持て余した誰かが、外に連れ出せと命じたのだろう。幼い頃の記憶は断片的だが、ひとつひとつの場面はくっきりと鮮やかだ。

車は火葬場の駐車場に停《と》まっていた。運転席の男が、ハンドルに肘をついた姿勢で、茉子を見下ろしていた。顔は忘れたが、他の大人と同じく喪服を着ていたという記憶はある。その服装によって誰だか知らないがとにかくあの場にいっぱいいた「しんせきのひと」のなかのひとりであろうと判断したからだ。

「おじいちゃんが死んで、悲しいんやな」

悲しくて泣いているのではない、と説明するだけの冷静さも語彙《ごい》もなかった。「しんせきのひと」は喪服のポケットから、白い紙に包まれたなにかを取り出した。大きな手が白い紙を剝《は》ぐと、小鳥のかたちの饅頭があらわれた。「あ、かわいい」と思った直後に、容赦なくまっぷたつに割られた。片方を茉子に差し出し、もう片方を齧《かじ》って見せた。

「食べや」

ひとりっ子の茉子はそれまでお菓子であれなんであれ、誰かと半分こして食べた経験がなかった。無造作に割られた饅頭をおそるおそる口に入れると、「しんせきのひと」はちょっと笑った。口を開けた瞬間に流れこんできた涙と、饅頭の甘さが舌の上で一緒くたになった。

「泣きやんだな。うまいか?」

「うん」

涙はしょっぱい、お菓子は甘い。彼は茉子のほうを見ずに、なかばひとりごとのようにその言葉を口にした。なみだはしょっぱい、おかしはあまい。茉子が繰り返した時、運転席の窓ガラスがコンコンと叩かれた。茉子の母が腰を屈《かが》めて、車内を覗《のぞ》きこんでいた。

「ごめんなさいね、子守りさせてしまって」

運転席の窓をするすると開け、「しんせきのおじさん」は頭を左右に振った。なんてことない、とでも言うように。

あとになって、あの人はこまどりのおまんじゅうをつくってる人やでと母に教わった。「こまどり」という響きは、幼い茉子に絵本の世界のような想像をさせた。小鳥たちが森のなかで木の実をすりつぶし、花の蜜をあつめて味付けしたお菓子を葉っぱのお皿にのせる。

あの時『こまどりのうた』をくれたのは、おそらく修一おじさんだったのだろう。成長してから修一おじさんと会うたび、茉子は戸惑う。伸吾に向ける表情の厳しさも、「おう、茉子ちゃんやないか!」と声をかけてくる時の威勢の良さも、どちらもあの時の人とは別人のように思われる。人間は多面的な存在だから、やさしい時もあればそうでない時もある、というだけのことなのだろうか。

あるいは、年月の経過が修一おじさんをあの頃とは別人に変えてしまったのか。会社を経営する人には茉子には想像もできないような苦労があり、泣いている子どもに話しかけるようなやさしさがごりごりと削《そ》ぎ落とされていくのかもしれない。ということは伸吾もこれから修一おじさんのようになってしまう可能性がある、ということなのだろうか。

また風が吹いて、桜の枝と茉子の上っ張りの襟もとを揺らしていく。


亀田、と相手はぶっきらぼうに言い放った。

もしかしたら「亀田です」だったのかもしれないが、茉子の耳には「です」は聞こえなかったし、名乗ったというより「言い放った」ように聞こえた。「亀田さんは大ベテランのパートさんやからね」と紹介する伸吾をじろりと一瞥《いちべつ》したが、なにも言わない。

「会社のことなら俺より知ってる、頼りになる人やで」

その言葉にも反応を示さない亀田は、がっしりとした身体つきをしている。木彫りの民芸品のような荒々しい美しさのある女性だった。腕相撲が強そうな人だな、と茉子が思っていると、亀田の陰から若い女性が姿を現した。「ぴょこん」という効果音をつけたくなるような動作だった。伸吾がさきほど「亀田さんたち」と言った意味がわかった。栗色の髪をした若い女性は、まるい小動物のような瞳をまっすぐに茉子に向けて「瀬川夏希《せがわなつき》です。よろしくお願いします」と頭を下げた。

この人、満智花《みちか》に似てる。同じマンションに住む、小学校の頃からの友人の姿が脳裏をよぎった。顔立ちは似ていないが、骨が細そうなところや不安定な甲高い声の調子やふわふわした髪質などの共通点が多く、総合すると「なんか、似てる」となる。

瀬川は三月末で退職したのだが、こまごましたことを茉子に引き継ぐために、わざわざ今日一日だけ来てくれたという。時間はいっぱいあるんで、ほんとうに、時間はあるんで、となぜか言い訳じみた口調で時間時間と繰り返した。

「そうですか。どうもありがとうございます」

お辞儀をした頭上を緊張が走った、ような気がした。さきほどから伸吾と瀬川は一度も目を合わせない。にもかかわらず、なにやらお互いを強烈に意識しあっているように見える。

営業の社員二名の姿はない。今日は直行直帰の予定だという。壁にかかったホワイトボードに「終日外出」と殴り書きされている。亀田と瀬川を紹介し終えると、伸吾は外に出かけてしまった。ホワイトボードには取引先らしき会社名が記されている。

瀬川の言う「こまごま」は、ほんとうにこまごましていた。給湯室の棚に並ぶコーヒーカップのどれがどの人のものだとか、みんなにお茶を淹《い》れる必要はないけれども社長はどこそこのコーヒーが好きなので粉を切らさないように買い置きしてくれだとかいう話を聞かされ、コピー機の用紙はいちばん安いのを買うと紙詰まりするので三番目に安いのを買うようにと、ふせんのついたカタログを見せられた。

瀬川は自分が一年と数か月前に前任者から引き継いだ「こまごま」のすべてを茉子にも伝えたいらしい。午前中はそれを聞くだけで終わった。

「お昼にしましょうか」

「あ、はい」

「何年か前まで会議室で食べてたらしいんですけど、午後イチの会議が入ってる時とかに匂いがこもって嫌だって営業の人たちが言い出して使用禁止になったらしくて。小松さんも、自分の席で食べるようにしてくださいね。ま、どっちにしろ最近はみんなで一緒にごはん、って感じでもないですよね」

そういえば前の会社でも飛沫《ひまつ》感染防止という理由で「食堂で私語禁止」というルールがつくられていた時期があったよなあと思い出しながら「そうですね」と相槌《あいづち》を打つ。茉子はもともと「みんなで一緒に」への執着が薄いので、さほど気にならなかった。

瀬川がかわいらしいトートバッグからこれまたかわいらしいクロスに包まれた弁当箱を取り出した。弁当箱は茉子が持参したペンケースより小さい。

茉子は自分の弁当箱を見下ろす。ふりかけごはんと、おかずは卵焼きのみだ。ウインナーがあるはずだと思っていたら、父が昨夜ビールのつまみに食べてしまったという。今朝台所で卵を溶いていると母が背後から「野菜も食べて」と刻みネギを大量にぶちこんできた。おかげで卵焼きは不気味なほど緑がかっている。それにしてもネギは野菜としてカウントしていいのだろうか。いいことにしよう。ミニトマトのひとつもあればよかった。彩り的な意味であいつほど頼りになるやつはいない。

亀田はコンビニのレジ袋からサンドイッチを取り出している。茉子と瀬川の会話に参加する気はないらしい。サンドイッチを味わうことに専念するかのように、目を閉じて「私に話しかけるな」というオーラを全身から放出していた。

「午前中に説明したとこまでで、よくわからないことってありました？」

茉子はごはんを咀嚼《そしゃく》しながら午前中の説明を思い出し「特には」と濁した。理解していない部分はきっとたくさんあったのだろうが、自分がどこを理解していないのかということがわからない。

特には、と茉子が言うのと同時に電話が鳴り出した。瀬川がすぐさま受話器を持ち上げた。その電話が終わった直後にまた電話が鳴る。こんどは亀田が受けた。

「いつも昼休みの時間に、こんなに頻繁に電話が鳴るんですか」

通話を終えた瀬川に問いかけると、伝言メモを書いていた小さな頭がかすかに動く。

「そうですね、けっこう毎日こんな感じです。電話番でお昼は外に出られないので、小松さんもお弁当だけはぜったいに忘れないほうがいいですよ」

茉子が以前勤めていた会社では、昼休みの時間帯は電話は留守電に切り替わるシステムになっていた。過剰な残業、安い賃金、不当な解雇、パワハラ、セクハラという労働問題のロイヤルストレートフラッシュみたいな会社だったが、すくなくとも昼休みを時間通りにとる権利はしっかり保障されていた。

「どうかしましたか」

黙りこんだ茉子に気づいて、瀬川が首を傾《かし》げる。

「いや、えっと、電話番で外に出られない昼休みって、原則労働時間として扱われるそうです。以前、労基法関連の本で読みました。それを思い出して」

茉子の言葉に、亀田がペンを走らせる手をとめた。瀬川はふしぎそうに茉子を見つめたが、すぐになにごともなかったように小さなミートボールをさらに小さく箸で割って、口に入れる。

さっきのあれはなんだったのだろうか。聞こえなかったのだろうか、聞こえていたのにスルーされたのだろうか。それともこの人たちは昼休みが労働時間になっていることになんの不満もないのだろうか。疑念まみれの茉子への瀬川の「こまごま」は午後からも続き、十六時過ぎにようやく日常のおもな業務だと思われる会計ソフトの使いかたの説明にうつった。瀬川は消耗品を購入したレシートを一度出金伝票に手書きしてからソフトに入力しているという。なんでそんなことするんだろう、レシートを直接入力すればいいんじゃないのかな、と思ったが、前任の前任のそのまた前任の社員の代からそうしていると言われて、いちおう黙って頷《うなず》いた。すべての説明を聞いたあとで、まとめて質問するなり、意見を述べるなりしようと考えているうちに終業の十七時をむかえた。

「もうすこし説明したいんですけど、いいですか？　帰りが遅くなっちゃうけど」

瀬川が首を傾げ、茉子の顔をのぞきこむ。

「はい、だいじょうぶです」

「よかった」

にっこり笑った瀬川が立ち上がり、壁際の棚に歩み寄る。茉子のタイムカードを手にして、振り返った。

「小松さんの、押しときますね」

「え、ちょっと待ってください」

瀬川はさっき「もうすこし説明したい」「帰りが遅くなっちゃう」と言ったはずだ。なのに、なぜタイムカードを？

「あ、うちは残業はタイムカードを押してから、って決まっているので」

とても異常なことを、瀬川はきわめて尋常な様子で口にする。

「そんなに長くかからないです、三十分ぐらいです」

「いえ、あの、そういう問題じゃなくて」

それってちょっとおかしいような気がするんですが、と立ち上がった瞬間、肩にかすかな重みを感じた。振り返ると、亀田が茉子の肩に手を置いていた。

「あんた」

近くで見ると、亀田の瞳はとても色が薄かった。琥珀《こはく》のようで、まるで感情が読み取れない。

「たぶん、この会社では嫌われる」

真顔でひどいことを言う人だ。衝撃のあまり、口がきけない。

「どうしてですか」

どうにか絞り出した声が上擦《うわず》った。亀田はなにも答えずに、ゆっくりと手を離す。


その後四十分以上かけて、瀬川は年間の仕事の流れについて説明をしてくれた。要約すると事務員がふたりといっても、亀田はおもに販売、仕入に関する事務を担当しており、茉子の仕事は社員の労務管理や経理が中心である、その他の雑用はどちらの担当と振り分けられているわけではないが、亀田は年長者であるゆえ茉子が率先してやるべきだ、という内容の話を聞いているうちに亀田はいつのまにか帰っていた。

　毎月初めに税理士の訪問があるのでその前月末の数日は残業をすることになるだろうが一、二時間で切り上げること、タイムカードを押してからやること、とも言われ、また「それ、おかしいと思うんですけど……」と口を挟むと瀬川は「でも前の人もその前の人もそうしてきたみたいだから」と首を傾げる。おかしなことを言っているという自覚はないようで、その無垢《むく》な表情がうっすらと茉子をおびえさせた。

　最後に「自分が帰る時間になっても営業の人たちや社長が戻ってこなかったら留守電にします」と、留守番電話の設定について説明された。昼休みに電話に出ずに済む方法がちゃんとあるじゃないかと思ったが、指摘する元気はもう残っていない。退社する時、瀬川さんは事務所を見まわした。瞳がうるんだように見えたが、ほんの一瞬のことだった。

「帰りましょう。小松さんは、電車？　バス？」

「いえ、自転車です」

「近いんですね。実家？」

「はい」

「いいですね。わたし、実家が遠いから」

　茉子の家は、『吉成製菓』とは駅をはさんで反対側にある。歩いていける距離だが、あいだに線路が一本あるというだけで校区もなにもかも違う。

　駅を通らずに帰ることのできるルートはいくつかある。しかし今日は駅前の『こまどり庵』

で母に桜餅を買って帰る約束があるので、駅を目指す。

『吉成製菓』に採用されていちばん喜んだのは、甘いもの好きの母だった。今日も朝っぱらから「これから工場で余ってるお饅頭とかあったらちょこちょこっともらってきてね」と言っていた。

父の定年退職に合わせて専業主婦となった母は、以前は学童保育で働いていた。それ以外の仕事の経験はない。茉子は高校生の時に弁当製造の工場でバイトをしたことがあるので「ちょこちょこっともらって」こられるようなゆるい環境ではなかろうと想像がつく。

瀬川は市外から通っていたらしく、今日も駅前の乗り場からバスに乗るという。自転車を押しながら駅まで一緒に歩いた。

「瀬川さんの『実家』はどれぐらい遠いんですか？」

歩きながら視線を落とすと、瀬川の履いているピスタチオみたいな色のパンプスが目に入る。返事がなかったので訊《き》いてはならないことだったのかと顔を上げると瀬川は静かに泣いており、とっさに茉子から顔を背けたせいで、こぼれ落ちる涙の雫《しずく》がかえってはっきりと見てとれた。

「ごめんなさい」

今日一日ずっとがまんしてたんですけど、と声を震わせながら、三角に折ったハンカチを目尻にあてる。

「わたし、次の仕事決まってないの。なんにも決めずに辞めたの。実家にも帰れないし」

次の仕事が決まっていないのが泣くほど不安なのか。実家について質問したのは、もしかしてまずかったのではないか。動揺する茉子の耳に、瀬川の「伸吾くんが」という呟きが飛びこんできた。自分が口にする「伸吾くん」とは似ても似つかぬ甘やかな響きに動揺して、つい立ち止まってしまう。瀬川もまた足をとめて、ゆっくりと涙を拭った。

「わたし、つきあってたんです。社長と」

え、と声を上げそうになったが、なんとか「そうですか」と頷くにとどめる。驚きはしたが、以前伸吾が「事務の子が辞めんねん」と茉子に話した際のやけにウェットな口調がようやく腑《ふ》に落ちた爽快さのほうがわずかに勝っていた。

「面接の時から、伸吾くんのことといいなって思ってて。むこうもはじめて会った時からいいなって思ってたって言ってくれて。伸吾くんに『隠す必要ない』って言われたから、オープンな感じでつきあってて。でもなんか、ちょっとずつうまくいかなくなってきて」

伸吾は会社で孤立していた。会長の言いなりだの、やる気がなさそうだのと陰口を叩かれていた。そのことですごく悩んでいたのに、力になれなかった。瀬川は涙を流しながら語り続ける。「伸吾くんはがんばってるよ」とか「無理しないで」とか、そんなふうにフォローしようとするとかえって気まずくなった。「すこし距離を置こう」と言い渡されたのだが、あの狭い事務所で毎日顔を合わせるので距離を置くもなにもない。瀬川は徐々に仕事が苦痛になりだした。「オープンな感じでつきあって」いたことが仇《あだ》となり、他の社員からの視線も痛い。そうしてついに退職を決意した、という経緯だった。

「小松さんは、社長の親戚なんですよね」

伸吾くんのこと、よろしくお願いします。ボンクラとかポンコツとか言われてるけど、ほんとうにやさしい人なんです。そう言い残して、瀬川はバス乗り場に向かっていく。その後ろ姿があまりに頼りなく、なかなか目を離すことができない。

大きく息を吐いたら、かえって身体が重くなった。足を引きずるようにして、『こまどり庵』を目指す。瀬川のことは気にかかるが、現状、自分ができることはなにもない。

『こまどり庵』の店内は、あちこちに桜の造花が飾られていた。工場および事務所の制服は味気ない水色の上っ張りだが、『こまどり庵』の店員は抹茶色の作務衣《さむえ》に黒い前掛けというスタイルを採用している。

店舗の一部が喫茶スペースになっており、抹茶を飲んだりあんみつを食べたりすることもできる。入り口付近にテーブルと椅子が寄せられていて、以前見た時よりテーブルの間隔が空いているのがわかった。

桜餅は売り切れていた。こういった生菓子の類は工場ではなく店舗の奥の厨房《ちゅうぼう》でつくられているのだということを、今日瀬川に聞いて知ったばかりだ。作務衣に『中尾《なかお》』という名札をつけた店員から『春風』という商品をすすめられた。桜餡のどらやきだという。三つ買い求めて、家路を急いだ。

玄関には、満智花のバレエシューズがあった。満智花は同じマンションの五階に住んでいる。八階の小松家を訪れるだけでも、適当なサンダルをつっかけてきたりはしない。ちゃんとした靴を履き、きっちりと隅にそろえる。それを目にするたび、以前耳にした「満智花ちゃんのおうちの中、ぐちゃぐちゃやった」という母の言葉が信じられなくなる。

茉子の両親と満智花は三人掛けのソファーに座って、映画を観ていた。

「おかえり」

母が振り返り、続いて父と満智花も同じ言葉を口にした。三人並んでいるとほんとうの親子のようだ。なぜか自分が両親のあいだにおさまるより、ずっとしっくりくる。

「ただいま」

「あと十分ぐらいで観終わるから、それからごはんでええかな」

「ああ、いいよ。ゆっくりで」

漏れ聞こえるセリフは日本語であるはずなのにとても聞き取りづらい。画面も白黒だしかなり古い映画だなと思いながら茉子は床に鞄《かばん》を置き、洗面所でうがいをし、手を洗う。着替えを済ませて居間に戻ると、母の予告通り映画は終わっていた。

「今日は、なにを観とったん？」

皿や箸立てがのったトレイを持った満智花に声をかける。

「ええと『天国と地獄』っていうやつ。お金持ちの人に雇われてる運転手さんの子どもがお金持ちの人の子どもと間違えられて誘拐されてた」

「おもしろかった？」

「あ、うん」

ひょうたんのかたちの箸置きがすべて同じ向きになるように慎重にひとつずつ配置している満智花のまつ毛がぱちぱちと上下していたが、本人には指摘しなかった。満智花は真意ではないことを言う時、きまってまばたきが多くなる。小学校に通っていた頃からそうだったのかもしれないが、茉子がそれに気づいたのはごく最近のことだ。

茉子の両親は映画が大好きだ。知り合ったきっかけも「映画館でたまたま隣に座って、意気投合して」だというから、ふるっている。居間の天井まで届く棚には映画のＤＶＤやらブルーレイディスクやらが五十音順にぎっしりとつめこまれている。以前は、両親から「一緒に観よう」と誘われるのは茉子だった。興味のない映画ならば断り、気が向けば誘いを受けた。

今は、自分のかわりに満智花が彼らのあいだに座っている。そのことに不満はないが、「どういうつもりで？」とは思う。満智花、どういうつもり？

「茉子、コップ出して」

母に声をかけられ、はっと我にかえる。ダイニングテーブルにはいつのまにか、たけのこご飯と鰆《さわら》の塩焼き、菜の花の辛子和えが並べられていた。

「菜の花のやつは、みっちゃんがつくってくれたんよ」

母が小鉢を指し示す。

「そうなんや」

映画を観るだけではなく、一緒に台所にまで立つのか。茉子はあまり母の料理を手伝うことがない。菜の花の辛子和えは文句のつけようのないおいしさで、その旨伝えると満智花が照れたように目を伏せる。

「な、な、おいしいやろ、みっちゃんがつくったんやで」

隣に座っていた父が身を寄せてきたので、茉子は片手で押し戻した。

「さっき聞いたし、近い！」

「えー、つめたい！　茉子ちゃんつめたい！」

基本的に良い人だが、たまに信じられないほどうっとうしくなる。それが茉子にとっての父だった。初老の親から子猫のようにじゃれつかれても困る。まだ騒いでいる父を無視することに決め、箸を動かすスピードをはやめた。

「あ。言い忘れてたけど、桜餅、売り切れてた」

食後に報告すると、母は「そうなん、いやあ、がっかりー」と身を捩《よじ》りはじめる。

「かわりに桜餡のどらやきっていうの買ってきた。三つしかないけど」

茉子が差し出した袋をのぞきこんだ母の機嫌がすぐに直ったことは、異様な目の輝きでわかった。

「ま、おいしそう」

「うん。食べよ食べよ」

この母の単純さというか気持ちの切り替えのはやさを、茉子はたぐいまれな美点だと感じる。いつまでもひとつのことにこだわって時間やエネルギーを無駄にしない。

『春風』と毛筆で書かれた白い包装紙を剝ぐと、小ぶりなどらやきが現れる。桜の形の焼印が押してあった。母は三つしかないどらやきを、茉子と満智花にひとつずつ与える。そうして残りのひとつを「お父さんはわたしと半分こしましょ」と半分に割って皿にのせた。

「あ、すっごい、桜の香り」

どらやきの断面からピンク色の餡がのぞいていた。生クリームを合わせてあるらしく、食感はふんわりと軽い。刻んだ桜の葉はごくわずかな苦みを舌に残すが、しっとりと甘い生地と合わさって、ちょうどよい。おいしいやん、おいしいな、と言いながら、茉子も両親もすぐに食べ終えてしまった。

「さすが『こまどり庵』のお菓子」

「ほんまやわ」

満智花のどらやきは、まだほとんど残っている。口に合わなかったのだろうか。こっそり横目で観察しているうちに、そうではないとわかった。ひとくち齧るたびに、きゅっと目を細めて、うれしそうにしている。

やけに大事に食べるなあと思いながら湯呑《ゆのみ》に口をつけた時、母が「ていうか茉子、どうやった？　初仕事」と急須に湯を注ぎながら訊《たず》ねる。

「ああ、うん」

無意識に湯呑を摑《つか》む手に力がこもる。ようやく最後のひとくちを食べ終えた満智花も首を傾げ「がんばれそう？」と問うてきた。

「どうやろ」

がんばるというのは抽象的な表現だと思っているから、みだりに使用したくない。

「いいな、茉子ちゃんは」

なにが「いい」のだろう。コネで入れるような会社があっていいな、ということだろうか。

茉子は小さな棘《とげ》に突かれたような痛みを胸の奥に感じながら満智花を見つめたが、満智花はどらやきの包み紙の皺《しわ》をていねいに伸ばして畳んでおり、視線が合うことはなかった。

いいな、茉子ちゃんは。満智花が発したその言葉は、彼女が帰ってからも、入浴中にも、就寝前にも、はては今朝がた目を覚ました直後にも何度も耳の奥に甦《よみがえ》ってきて、茉子の心を乱した。

満智花がうちに出入りするようになったのは、半年ほど前からだ。その頃の満智花は大阪市内の眼科に看護師として勤めていた。母が夜中にコンビニにアイスを買いに行った時、泥酔した満智花がエレベーターの前でしゃがみこんでいたという。声をかけた直後に、その場に倒れた。母は「あらあら大変」と父を呼び、部屋に送り届けるやらなんやら、大わらわだったと聞く。

「家の中がなんていうの、ものすごい散らかりようでさ。話聞いたら満智花ちゃん、『父は出ていきました。もうわたしに関係ありません』なんて言うから、もうびっくりして」

満智花の母は数年前に病死した。満智花の姉の花澄《かすみ》が結婚して家を出たあとは、ずっと父娘ふたり暮らしだったが、ある時から仲がこじれたようだ。ようだ、と曖昧なのは満智花がくわしい事情を語らず、発言に含まれる断片的な情報を繋《つな》ぎ合わせて推測するしかないからだ。たしかなのは満智花の父が出ていってしまったということだけだ。今は再婚相手とともに暮らしているという。

満智花は茉子に会いに来ているわけではない。茉子の両親になついているだけなのだが、母は茉子に向かって「同じマンションに友だちがおるっていいね、楽しいやろ」などと言う。楽しんでいるのは茉子ではなく母たちだし、友だちといってもそんなに仲良くなかったと言いたい。でもそんなことを言ったらひがんでいるように見えるのではないか。そんな懸念が今日まで茉子の口を噤ませていた。

仲良くない、といっても嫌いだったわけではない。同じマンションに住んでいるから小学校も中学校も一緒で、登下校のタイミングが合えば道すがら会話をすることもあったが、互いの家を頻繁に行き来するほど親しくはなかったし、成人してからも連絡を取り合うことはなかった、という意味だ。

子どもの頃の満智花はピアノと英語とスイミングと書道を習っていていつも忙しそうだったし、年子の姉の花澄とべったりくっついていたから茉子が入る余地はなかった。マンションの住人の何人かは、花澄と満智花を双子だと思っていたぐらいだ。たしかによくおそろいの服を着ていたし、背格好も髪形も同じだった。

同い年の者はほかに数名いたが、一家で引っ越していったり、あるいは進学・就職で出ていくなどして、今もこのマンションに住んでいるのは茉子と満智花だけだ。

最近の満智花は短期のアルバイトなどをして食いつないでいるようだ。それはべつにいいのだが、ちょっとうちの両親に甘えすぎなんじゃないだろうかとも思う。父親と不仲になって心細いのかもしれないが、満智花には年の近い姉もいるのだ。頼れる相手ならほかにもたくさんいるだろう、とつい思ってしまう。さらに「こんなことばかりチネチネと考えている自分って、もしかして心がすごく狭いのでは」というのが、最近の茉子が抱える、悩みというほどでもないが、確実に心をざらつかせている問題なのだった。ついでに言えば「心がすごく狭いのかもしれない」と自分を悩ませる満智花の存在をすこしだけ疎ましく思っていることも認めざるを得ない。そこにきての、と自転車を漕《こ》ぎながら思う。そこにきての、昨日の「いいな、茉子ちゃんは」発言で、さらに心がざわついている。もしや満智花は「親戚の会社で働くなんてお気楽な立場ね」なんて思っているのだろうか。考え過ぎだろうか。きっと考え過ぎだ。いやでも。お気楽であれたら、どんなによかっただろう。ずっと胃が痛そうにしていた仲吾。瀬川の涙。「嫌われる」という亀田の予言。だけどもうはじまってしまった。はじめてしまった。決めたんちゃうの、と自分自身に問うた。同じ失敗は繰り返さないって決めたんやろ。この新しい職場では。じゃあ、やるしかないよな？

深呼吸して、茉子は事務所のドアに手をかけた。

「なに考えとんねん！」

ものすごい怒鳴り声が聞こえてきて、開けかけたドアを反射的に閉めそうになった。いきなり気持ちがくじけそうになる。

おそるおそる中をのぞきこむと、コピー機の脇に立つふたりの男性の姿が目に飛びこんでくる。怒鳴っているほうは中年で、怒鳴られているほうはそれより若い。

五十代と三十代といったところか。男性の年齢はよくわからない。推定五十代はさほど背は高くないが、がっしりとした体型をしていて、なんというか、じつに嵩高《かさだか》い。マスクは鼻と口ではなく顎にかかっている。マスクでガードするなんて、よほど大切な顎なのだろうなあと茉子は思い、今のはちょっと嫌みっぽかったかしらんと反省しもする。

推定三十代は本のしおりのように薄い身体を縮こまらせて、ひたすら恐縮している。ふたりはおずおずと入ってきた茉子には目もくれなかった。気づいていないのか。あるいはここに来るまでのあいだに身体が透明化してしまったのかもしれない。

「俺、ちゃんとお前に指示出したよな、な、出したよな？」

「はい。すいません」

「すいませんて。お前すぐ謝るけど、なんで俺が怒ってるかわかってるか？」

会話の内容からして、なんらかのトラブルが起こったのだろう。スーツを着ているということは工場のスタッフではなさそうだから、おそらく昨日会えなかった営業の人たちだ。

ごにょごにょごにょ。茉子には聞こえないような小さな声で推定三十代が喋り出したのを、推定五十代が「ああ？　なんて？」と大声で遮《さえぎ》った。離れたところに立って聞いている茉子の耳ですら痛くする。凶器のような声だ。

ドアが開いて、亀田が入ってくる。異様な光景が繰り広げられているにもかかわらず、動じることなく「おはようございます」と頭を下げ、タイムカードを押した。

「亀田さん、あの人たちは……」

「あ、営業の江島《えじま》さんと正置《まさおき》さん」

「どっちがどっちですか。あのうるさ、いえ声の大きい人が江島さんですか。それとも正置さんですか」

茉子が言い終える前に推定五十代がくるりとこちらを向いて「おおん？」と顎を上げた。

「こちらが江島さん」

亀田さんはすこしも表情を変えずに、手で示す。

「うるさいてなんや。誰の話や」

しまった、聞こえていたのか。焦る茉子のすぐ目の前に、推定五十代の声帯凶器こと江島が立ちはだかる。ど迫力の顔面だ。なんといってもすごく大きい。顔自体もだが、目や鼻などのパーツが大ぶりにできている。気圧《けお》されつつも目を逸《そ》らすことができず、結果、真正面からまじまじと見つめることになった。茉子は昔から感情が顔に出にくい。江島の目には、とてつもなく不遜《ふそん》な態度にうつったようだ。きつく眉を寄せて「これ、例の新しい事務員か？」と茉子を指さす。

「そう」

亀田は表情を変えずに、大きく頷いた。

「えらい生意気やな」

江島は荒い息を吐き、正置のほうを振り返った。こちらを見ずに続けた言葉はさきほどよりも小さな声で発されたが、茉子の耳にはちゃんと聞こえていた。

親戚かなんか知らんけど。

生意気、と言われたのも「これ」と呼ばれたのも、生まれてはじめてだ。屈辱感がちりちりと頬を焼く。親戚云々《うんぬん》については事実なので否定できないのがどうにも歯がゆかった。

「もう行くぞ」

「はい」

正置は鞄をひっつかんで、大股で歩いていく江島のあとを追う。外に出る直前、正置が茉子のほうを振り返って、小さく頭を下げた。マスクをずらし「よろしく」と声は発さずに、口だけ動かして笑ってくれたが、茉子の頬はまだ熱を帯びたままだ。

「なんだったんですか、今の」

静かになった事務所で、茉子は亀田に問う。

「べつに。いつものこと」

いつものこと？　あれが？　驚いた茉子に、亀田は「江島さんはきびしいし、正置さんは失敗が多いから」と抑揚なく続けた。

「あんなんでいちいちびっくりしてたら、ここではやっていかれへん」

「でも」

「自分の力が及ばんことは、見て見ぬふりしとくほうが生きやすいんちゃう？」

え、と驚いた時には、亀田はもう茉子に背を向けていた。

ずっと見て見ぬふりしとったくせに。涙まじりの声が耳の奥でこだまする。かつて茉子をいくたびも苛《さいな》んだ虎谷の声。

窓から淡い光が差しこんで、細かな傷がたくさん入った床を一段明るい色に染め、つまさきをほんのりと温める。茉子はその光の中に立ち尽くしたまま、動くことができずにいる。

第二章　香る雨

たっぷりと水分を含んだ朝だった。空中のどこかを手のひらでさっと掴んでぎゅっと絞ったら、指のあいだから水が滴りおちてきそうなほどに。

母が目玉焼きを焼きながら自分の不快指数が「現在百パーセント」であるとしきりに訴えてくる。今日で百なら、じきに百五十パーセント超えだろう。梅雨入り宣言はまだ出されていない。雨は降らないが湿度だけはむやみに高い日々が続いている。

こんな日には、茉子のくせ毛は四方八方にはねる。ドライヤーを用いて丁寧にブローするということがどうにもできない性質《たち》で、いっそ丸刈りにしたいと苛立《いらだ》ちながら髪にブラシをあてた。ドライヤーもいらないし、きっと楽だ。勇気はいるが、さぞすっきりするだろう。

茉子の後頭部には三日月形にはげている部分がある。小さい頃に全力で漕いでいたブランコから落ちて数針縫うケガをしたせいだ。いっそあれを生かすため、頭の数か所を星のかたちに剃《そ》ってもらったら頭がプラネタリウムみたいになって楽しいのではないだろうか。しかし年から年中三日月というのも不自然か。ならば満月から新月までそろえて、月の満ち欠けを表現するというのはどうだろう。悪くない。悪くはないが、髪の手入れという意味では、かえって手がかかりそうだ。なんのために髪を刈るのか。当初の目的からずいぶんはずれてしまった。

あかんやん、と息を吐いて、髪をひとつに結んだ。

『吉成製菓』で働きはじめて二か月が過ぎた。自転車に乗り、水分を含んだ朝の空気を裁ちばさみで切るようにぐんぐんスピードを上げて進んだ。この時間帯にたまに見かける、おじいさんに連れられているのかおじいさんを連れているのかわからない威勢の良い柴犬が、茉子に向かってひと声吠えたので、片手を上げて応じた。今日もおたがい良い日にしていこうぜ、犬。

家から会社まで向かうルートは数種類存在する。最短ルート、遠回りになるが書店や雑貨屋などに寄り道できるルート、最短ではないが車が入れない直線の道をひた走るのが楽しいルート等があり、その日の気分で選ぶ。でも朝はたいてい最短ルートだ。

『吉成製菓』の駐輪場に自転車を停め、鍵をかけている茉子の背後から「おはよう」と声がかかった。

「亀田さん。おはようございます」

向き直って茉子が挨拶した時には、亀田は自分の自転車をさっさと停め、鍵もかけずに事務所に向かって歩き出していた。続いて工場のスタッフが茉子の前を通り過ぎる。ほとんどが近隣に住む主婦のパートだ。

事務所のドアを開ける直前に小さく深呼吸をした。出勤二日目にドアを開けたら営業の江島が部下の正置を怒鳴りつける場面に出くわして以来、ドアの開閉には慎重になっている。自分自身が怒られるわけではなくても、他人の不機嫌な声を不用意に聞くのは強いストレスを感じるものだ。

江島も正置もいなかった。予定表を確認して、すでに外出したことを知る。漏れ聞こえた話の断片でしか知らないが、最近の彼らは『おかしのとびら』への出店をめぐって熱心に営業活動をおこなっているらしい。『おかしのとびら』は、大阪・京都間を結ぶ私鉄の会社が運営している。駅構内の小さな店舗に、期間限定でさまざまな店が出店する。和洋は問わないが、関西近郊の店が多い。茉子は先日その店で、滋賀にあるというシュークリーム専門店のシュークリームを買った。通勤や通学途中の駅で気軽に遠方の店の商品が買えるとあって、よく長い行列ができる。

茉子の机の上に、小ぶりの段ボール箱が二箱積まれていた。伸吾の字で、帰りに駅前の直営店『こまどり庵』に届けてほしいと書かれたメモがはりつけられている。

持ち上げると、ずっしりと重かった。雑巾を手にした亀田が近づいてきた。

「それ、チラシやな」

「あ、あのチラシですね」

「そう。お客さんに渡すやつ」

机を拭く手がとまり、亀田の太い人差し指が空中でちいさな四角をかたちづくる。『こまどり庵』で商品を買うともれなくB6サイズのチラシがついてくる。チラシには期間限定の商品の案内などが記載されており、前回のチラシは『紫陽花《あじさい》』という生菓子が紹介されていた。その前はたしか『若鮎《わかあゆ》』だった。

言葉を交わすあいだも、亀田は茉子と目を合わせない。笑いもしない。いつもそうだ。必要なことだけ伝えたらすぐに離れていく。そのせいで二か月たっても茉子は亀田のことをほとんど知らない。家族がいるかどうかも、どのあたりに住んでいるのかも、謎のままだ。もちろん労務管理の仕事を任されている茉子は従業員台帳で調べることもできるのだが、そんな個人的な興味でのぞくわけにもいかない。

初日に「この会社では嫌われる」と予言された。それはすなわち亀田が茉子を嫌いだという意味に受け取ったが、亀田が茉子に意地悪をするようなことは、今日までただの一度もない。仕事でわからないことを訊けば率直かつ丁寧に教えてくれる。訊かなくても、茉子が困っているようだったらさりげなく声をかけてくれる。さきほどのように。

初日に、伸吾から「亀田さんはパートさんやねん」と言われた。仕事の内容や量は変わらないのに有休の日数も違う、賞与の金額も違う、退職金もパートには出ない、だから話題は慎重に選べ、と。

正社員とパートで責任の度合いや仕事内容や量をはっきりと分けている会社も、なかにはあるのだろう。転勤や異動の有無とか。でも『吉成製菓』では、そのあたりの差が至極あいまいだ。一事が万事「できる人がやればいい」「気づいた人がやればいい」という具合で、それではまじめな人間が損するだけだと伸吾に言いたいが、最近の伸吾は以前にも増して多忙を極めており、胃薬ばかり飲んで青い顔をしている。なかなか話しかけるタイミングがつかめない。

「これって、勤務時間中に行ったらだめなんでしょうか。帰りに行くのは残業にあたると思いませんか」

なんでも教えてくれる亀田は、しかし、茉子が口にする会社への疑問や意見にたいしては、まったく反応しない。「なんでタイムカードを押した後に残業するんでしょうか」とか「なんで昼休みに電話番しないといけないんでしょうか」と訊いた時と同じく、ただまじまじと茉子の顔を観察し、それからなにも言わずに自分の仕事に戻っていく。

亀田さんはそういうことを疑問に思わない人なんかなあと訝《いぶか》る茉子の興味は段ボール箱からチラシを取り出したとたん、そちらに移ってしまった。「うう、おいしそう」と声が漏れてしまう。

今回のお菓子は『水無月《みなづき》』だ。白いういろうに甘く炊いた小豆《あずき》をのせて三角形に切りわけたもの、というのはネットで得た知識であり、実際には一度も食べたことがない。夏越《なごし》の大祓《おおはらえ》、六月三十日に無病息災を願って食べるという。

夏越の大祓の大祭だけなら近所の神社でも毎年おこなわれている。茉子も両親とともに参加して、大きな輪っかを三回ぐらいくぐるという不思議な儀式を体験した。

「おいしそうですよね、この『水無月』っていうの」

チラシの箱を床に下ろし、パソコンの電源を入れる。机拭きを終えた亀田が戻ってきて、ちらりと茉子を見た。

「おいしいよ。この時期なら、『あじさい羹《かん》』もおすすめやけど」

「『あじさい羹』？　『紫陽花』とは違うんですか？」

生菓子の『紫陽花』は練りきりを賽《さい》の目《め》に切った寒天でくるんだものだが、『あじさい羹』は羊羹の上に練りきりの花を散らし、琥珀羹を流してかためた四角い菓子だという。

「透明の琥珀羹に閉じこめられてるから、雨に濡れた紫陽花みたいな感じになる。琥珀羹とそれよりすこし柔らかい羊羹が組み合わさって、食感も甘さもちょうどいい」

亀田は驚くほど説明が上手《うま》かった。すごいですね、と伝えると、亀田は照れるでもなく謙遜するでもなく、たんたんとした口調で「二十代の頃は『こまどり庵』におったからそれで鍛えられたんやろね」と答えた。

「あ、じゃあそれから事務所に異動？　みたいになったんですか？」

それに関する亀田の返答は、やはり得られなかった。もう話すことはない、とばかりに電卓をカチャカチャいわせはじめる。


仕事は定時で終える。前任の瀬川は頻繁に残業していたというが、今のところ茉子にはその必要がない。

瀬川の顔を思い出そうとすると、どうしても最後の瞬間に見た泣き顔になってしまう。あの時どんな言葉をかけるべきだったのか、いまだにわからない。

四月から今日までのあいだ、工場のスタッフの複数名から複数回「瀬川さんのこと、知ってる？」と声をかけられた。うちひとりは「（瀬川が）捨てられた」という表現をした。

「あなたはそういう心配ないっていう、会長のお墨付きなんやね」

悪い意味に取らんといてね。親戚やもんね。そうした言葉をかけられるたび、自分の内側になにかが降りつもるような感覚がある。「なにか」は埃《ほこり》に似ている。それ自体は軽いのだが、ほうっておくと確実に汚れるし、視界が曇る。自分は会長のお墨付きで入社したわけではない、伸吾から頼まれたのだと言ったらさらなる誤解を生みそうだ。瀬川本人から聞いた話には「捨てられた」というようなニュアンスは含まれていなかったとも言いたいが、彼らは結局なにをどう聞いても自分たちの好きなように解釈するだけだろう。そういったことは、茉子自身にも覚えがある。人はたいてい他人の話を自分が聞きたい部分しか聞かない。自分自身のことならともかく、自分の発言が伸吾や瀬川に関する噂《うわさ》にどのような尾ひれをつけてしまうかわからないので、「よくわかりません」を連発して逃れた。

外から帰ってきた江島と正置が、パソコンの画面を前になにか話していた。江島は画面をペンで指しながら「お前あかんで。それはあかんで。せっかく俺が推薦して工場から営業にうつしたのに、そんなんではあかんで」と力説している。

「いちおう、自分なりにがんばってるつもりなんですけど……」

「なんやねんそれ、死ね」と聞こえてきてぎょっとしたが、言われたほうの正置は笑っている。江島も笑っている。冗談だったのだろうか。しかしそんな中学生みたいな冗談をあんないい年をした男が口にするものだろうか。

「正置お前な、ぼくなりにがんばってますとか、そういう問題ちゃうねん」

死ね、って、そんなこと言う？　「土に還《かえ》れ」「天に召《め》されろ」みたいな、オブラートに包んだ表現じゃなく？　いや、オブラートに包むとかえって本気っぽくなって逆に嫌みみたいな話？　しつこく気にしていると、江島と目が合った。江島は片方の手を机にかけ、尻をずらして足を組んでいる。いちいち態度がでかいなあと思いながら、「お先に失礼します」と頭を下げた。

ドアを閉める直前、江島が正置に「あのコネの子、無愛想っちゅうか笑顔が少ないし、かわいげがないなー」と言うのが聞こえた。なにがコネの子や、いや実際コネの子かもしれんけど、と腹は立つが、さすがに戻って文句を言う勇気はない。それにしても「かわいげ」なるものが欠けていたとして、だからなんだというのだろうか。正置は茉子の百倍ぐらい愛想が良くかわいげがあり、いつも笑顔だ。なのに「死ね」などと言われている。つまり、江島の前で「かわいげ」を披露するのは、百害あって一利なし、ということになるのでは？

段ボール箱のひとつを自転車の前カゴに入れ、もうひとつを荷台にくくりつけていると亀田がやってきた。

「おつかれさまです」

「うん。おつかれさま」

眉間に皺を寄せたまま、茉子の自転車の前カゴから段ボール箱を持ち上げ、自分の自転車の前カゴに移動させた。

「手伝うわ。一緒に行こ」

「え。ほんとですか。ありがとうございます」

縦一列に並んで、自転車を走らせる。亀田は朝『あじさい羹』の話をしたせいで食べたくなったため、今から買いにいくのだという。

「亀田さんって、和菓子好きなんですね」

「まあ、好きやな」

会社は仕事をするところなので、友だちができなくても気にしなくていい。それでも、こうしてなにげない会話ができるのは良いものだ。前方を走る亀田のがっしりした背中を見ながらそんなことを思う。

『こまどり庵』に着くと、カウンターにいた店員が「あー亀田さん！　ごめんなさいね！」と大きな声を出した。

「この人、新しい事務の人」

亀田は茉子を押し出すような仕草をする。段ボール箱を受け取った『中尾』という名札をつけた店員が「あら、あなた、よくお店に買い物に来てくれてる子では？」と茉子の顔をのぞきこんだ。

「はい」

「やっぱそうやんなあ」

中尾はおそらく、ほんの数秒のあいだに茉子の年齢、勤務歴、その他のあれこれについて思いをめぐらせ、以後タメ口でオーケー、と判断を下したのだろう。もちろん、それでかまわない。話しやすいように話してくれればいい。

カウンターに「パート募集」のはり紙があった。『こまどり庵』は慢性的な人手不足が続いていて、常にぎりぎりの人数でまわしているという。ハローワークにも求人を出しているのだが、せっかく入ってもなぜかすぐに辞めてしまう。中尾曰《いわ》く「意外と覚えなあかんことも多いし、意外と忙しいし、意外とハードやからみんなすぐに辞めちゃう」とのことだった。中尾の思う『こまどり庵』は、なんと意外性に満ちた世界なのだろう。

「良い人が見つかるといいですね」

中尾がなにか言いかけた時、ちょうど入ってきた女性客がこちらに向かって「あら！」と叫び、みんながいっせいにそちらを見た。サイレンのような声だ。大きく、よく響き、そして聞いた瞬間になんとなく不安になる。

派手な人だ。何柄と表現しがたい、黒い生地に赤や緑や黄色のペンキをでたらめに塗りたくったようなワンピースを着ている。パーマがかかった髪は大きく膨らんでいて、もし小さな虫が迷いこんだら最後、二度と生きては帰れないだろう。ど派手な女性は亀田に抱きつくようにして「亀ちゃん」「いやぁ、亀ちゃん」と連呼しはじめる。いやぁここで会えるなんてうれしぃー、うれしぃーん、と密着してこようとする彼女の両肩を押さえつけ遠ざけながら、亀田は茉子のほうを向き「この人、江島さんの奥さん」と冷静に紹介した。

江島の妻は茉子が『吉成製菓』の社員と知るや否や「あっらー、そうなーん？　いつもお世話になってますぅー」と語尾を伸ばし「主人はどう？」と大きく首を、というよりは上半身全体をななめに傾けた。

どうと言われても、茉子にとってはひたすら煙たい存在なのだが、「あなたの『ご主人』はそこにいるだけで威圧感があるので苦手です」と言うわけにもいかず、黙っていた。ほんとうのことも言えないが「お世話になっています。とても感謝しています」と心にもないことを口にする器用さもない、そういう自分の中途半端さが忌々《いまいま》しい。

「社長は元気？　もう何年も会ってないから」

さいわいにも江島の妻は茉子の反応を待たずに亀田に向き直る。

「先代のこと？　今は会長やで」

「あーそやった、そやったわ。元気？」

「いや、会長はもう、会社のほうにはほとんど顔を出さへんのよ。電話は週に二度かけてくるけどね」

　せっかくやからあっちでお茶でも飲まへん、と江島の妻が喫茶スペースを指した。亀田は「あー、でも」「うーん」と首を傾げている。

「ええやん、ちょっとお喋りしよ、つきあってよ、亀ちゃん」

　あー、と頷いた亀田が茉子に視線を走らせ「あ、あんたもここで『あじさい羹』、食べていったら？」と言い出した。

　いえわたしは、と断りかけたが、亀田は「ここかな」と四人掛けのテーブルを選んで茉子に「座んなさい」と促してくる。江島の妻は「なんでこの子も？」と言いたげに亀田に視線を送るが、亀田は彼女のほうを見ない。もしかしてふたりきりになりたくないのかなと思った時には、断るタイミングを完全に逃していた。

『こまどりセット』というつめたい緑茶と生菓子のセットを注文した。今日は『あじさい羹』はなく、生菓子は『紫陽花』になるという。すると突然、亀田のスマートフォンが鳴り出した。「はい。はあ。うん。ええ？　ああ。わかった。はい。はい」と仏頂面《ぶっちょうづら》で応答し、スマートフォンをかばんに戻す。

「なんか給湯器つぶれたらしいから、帰るわ」

　亀田が立ち上がると同時に、『こまどりセット』が運ばれてくる。亀田は腰に手を当てて緑茶を一気飲みし、テーブルに千円札を置き、生菓子を口にほうりこんだ。「おさきに」と不明瞭《ふめいりょう》な発音で言って店を出ていく。その間、一分とかからなかった。初対面の人とテーブルにふたりきりにさせられて動揺する茉子の正面で、江島の妻が「亀ちゃん、相変わらずやわ」と笑った。

江島の妻は二十代の頃、『こまどり庵』に店員として勤めていたらしい。江島と亀ちゃんとわたし同期やったんよ、わたしはバイトやっててんけどね、と話しながら江島の妻は緑茶に口をつけ、器の縁の口紅を指で拭きとる。

「ああ……へえ、そうですか」

茉子は目の高さに生菓子を持ち上げて、気のない相槌を打つ。亀田はその頃は正社員だったのだなと驚いたのは確かだだが、本人のいないところで亀田の昔の話をくわしく聞くのはためらわれる。頼むからもう黙ってくれ、と願った。

紫陽花の花に見立てた寒天は青みがかったものと紫がかったものが入り混じっている。皿を傾けるたびにライトを反射して、微妙にその色合いを変える。口に入れたらしっかりと甘い。緑茶が濃いめに淹れてあるから、これぐらいがちょうどよかった。

「幸せそうに食べるねえ」

無意識のうちに笑っていたようだ。ちょっと驚いて、口もとを押さえる。

「和菓子っておいしいんやなって、この会社に入ってあらためて実感したんです」

父も母も甘いものが好きで、小さい頃から金曜日は「一週間頑張ったごほうび」として夕食後にいつもより「ちょっといいデザート」を食べることになっていた。でも家で供されるのはだんぜん洋菓子が多かった。

江島の妻は頰杖《ほおづえ》をついて茉子を見ている。

「女の子はいつもそういうふうに、にこにこしてるほうが印象が良いわ。若い女の子は職場の花やねんから」

「いつも」おいしいお菓子を食べたあとみたいに笑顔を振りまけなどとは、ずいぶんな話だ。人間ならば、体調が悪い時もなんとなく静かにしていたい時も、考えごとをしている時もある。それを「いつも」「にこにこ」なんていう態度はまったくもって不自然だし、そんなにも不自然なことを他人に強要するのは○○である。○○に入るのは「ハラスメント」「嫌がらせ」「もはやバイオレンス」「一周まわってギャグ」等々、なんでもかまわない。茉子ならシンプルに「悪」とする。

　それにしても「職場の花」とはまた、なかなか時代がかった言い回しだ。茉子は新鮮な驚きをもって目の前の人間を眺める。

「えっと……個人的には、若い女っていうだけで『職場の花』やらせるのって、どうなんかなと思うんですけど」

「あら！」

　江島の妻が鋭く叫ぶ。茉子としては「思うんですけど、お勧めされてた頃は嫌じゃなかったですか」と訊くつもりだった。ほんとうに嫌じゃなかったのだろうか。茉子なら嫌だ。しかし「あら」の勢いがあまりに強すぎたため、言葉を続けることができずに口ごもってしまった。

江島の妻は「あらあらあら」とせわしなく頭を左右に動かしたのち「若い頃の亀ちゃんと同じこと言うやないの！」と目を見開く。外見だけでなく、リアクションも派手だ。

「若い頃の亀ちゃんって、フェミニストっていうの、あれよ。え、あなたもそう？　今はやってるもんね」

「はやってる？　え、でも、はやりすたりで語るようなものではないと思うのですが」

若い頃の亀田は、いつも「会社のこんなやりかたはおかしい」とか「女子社員だけがお茶汲《ちゃく》みをするのはおかしい」と息巻いていた。「若い女は職場の花だなんて馬鹿にしてる、わたしは植物やない、人間や」と当時の社長にも食ってかかっていた、という江島の妻の語りは、現在の亀田とは一致しない。混乱を抱えたまま『紫陽花』の残りを口に入れる。

「要領が悪いんよ、亀ちゃんは」

その後十数分にわたって聞かされた江島の妻の話を要約すると、亀田は短大を卒業後に『吉成製菓』に入社し、正社員として『こまどり庵』の運営に取り組んでおり、三十歳で結婚し、妊娠・出産を理由にいちど退職し、八年後にまた戻ってきた、とのことだった。

「亀ちゃんの元旦那って結婚前はやさしいまじめな人やったらしいけど、なんかまあ、なんやろ、とにかくいろいろあったんかな、とにかくあんまり良い結婚ではなかったみたいね。善哉《ぜんや》くん、あ、亀ちゃんの子ね、善哉くんが小学校に上がる前に離婚して、子育てしながら独学でなに、なんやったっけ、あ、簿記？　とか勉強して職探ししてたけど、なかなかねえ、子どもを抱えての再就職は難しかったみたい。あの頃景気もあんまりよくなかったしな。善哉くんとうちの上の子は同じ小学校やったから、そのあたりの事情はわたしもいろいろ聞いとったわけ」

店舗から事務所に異動になったのかと訊いた時、亀田は答えなかった。本人が語ろうとしなかった事情を、本人のいないところで聞いてしまったことへの申しわけなさに身が竦《すく》む。

「実はね、『また雇ってあげたら？』って旦那に提案したのはね、このわ・た・し、なんよ」

わ・た・し、に合わせて江島の妻は自分の胸を三度叩き、茉子はなにそれ、と思いながら心の銅鑼《どら》を鳴らす。いや、な・に・そ・れ。

「そうですか」

「いろいろあって、正社員じゃなくてパートでってことになったらしいけど、パートでも亀ちゃんは社員三人分ぐらい働く人やもん。会社にとってもプラスになる、って力説したわけ。あとな……」

江島の妻の話はなかなか終わらない。茉子は残り少なくなった緑茶を飲みながら、「帰りたい」と強く思った。


いろいろあって正社員じゃなくてパート。翌日になって、そんな決まりがこの会社にあるのかと就業規則の綴《つづ》りを開いて読んでみたが、ひとことも記載されていなかった。

「ていうか、いつの就業規則や、これ」

思わずひとりごとを言ってしまうぐらい、その綴りは古かった。紙は茶色く変色して、黒表紙の縁が剝げて白くなっているし、現行の法律に沿っていない箇所がたくさんある。

これまで労基署の調査などはなかったのだろうかという疑問はあるが、それよりもこの会社にたくさん存在しているらしい「見えないルール」が、茉子にとってはよほど気にかかった。この件について伸吾に相談したいが、あいにく朝から出かけている。

ため息をつきながら、机の上の領収書を一枚ずつ拾い上げた。江島が置いていったものだ。個人的に立て替えた経費の領収書で、これらを精算するのが茉子の役目だ。五枚ほどいっぺんに置かれる時もあるし、毎日一枚ずつ置かれている時もある。正置は経費精算書にまとめて領収書を提出している。江島にもそうしてほしい。

茉子が「ちょっとよろしいですか」と近づいていくと、江島は億劫《おっくう》そうに顎を持ち上げた。茉子は立っていて、江島は椅子に座っているのに、なぜだか見下ろされているように感じる。

「江島さん、領収書は精算書と一緒にまとめて出してほしいんです」

「え、前の子はなんも言わんかったけど」

前の子。瀬川のことだろうか。ちゃんと名前があるのだから呼べと言いたい。

「まとめてないと、風で飛んだりしてなくすこともあるかもしれませんから」

江島はつき返された領収書と茉子の顔を交互に見やる。

「あー、それは今までの子ができてた仕事がきみにはでけへん、そういうことやな？」

混乱してかたまった茉子に、江島は「あー、もう。ハイハイ、わかった」と頷き、犬を追い払うような仕草をする。

自分の席に戻りながら、これはなんだ、と思った。自分の主張は通ったはずなのに負けた気がする。これはなんだ？　わたしは今、あいつになにをされたのだ？

亀田と目が合ったが、なにも言わずにそらされてしまった。

午後の仕事がはじまると同時に、工場から出てきた数名がどやどやと事務所に入ってきて、会議室に吸いこまれていった。制服にしみついた匂いなのか、彼らが通り過ぎたあとの事務所内の空気はいつまでも甘かった。工場長、商品開発担当の太田《おおた》という女性、「班長」と呼ばれる二名の社員と、江島、外出先から戻ってきたばかりの伸吾という組み合わせだった。今秋新発売の期間限定商品のための会議だという。正置はいない。昼休みがはじまる前に「食事してから直行します」とひとりで出ていった。予定表のところにていねいな字で「14：00　◯◯社他」と書かれている。江島と連れ立って出ていく時より楽しそうに見えたのは、けっして気のせいではないはずだ。

三十分ほどのあいだ、会議室からはたえまなく声が聞こえていた。時折笑い声などもあがり、いったいなにがそんなに楽しいのだろうと思いながら茉子が領収書を整理していると、会議室のドアが開いた。

「小松さん、亀田さん。ちょっと来てくれる？」

会議室の長テーブルの上に、水のペットボトルや紙コップ、皿が並べられていた。そこに並んでいるのは『こまどりのうた』だ。『こまどりのうた』はこれまでにも抹茶餡、塩キャラメル餡など、期間限定でさまざまな味を発売してきた。

「今回はこれ」

両手を広げて、伸吾が皿の上の『こまどりのうた』を示す。空を飛ぶにはすこし重たそうな体の丸っこい鳥が五羽、こちらを見ていた。

「今秋はチョコマロンでいこうと思ってんねん」

「チョコマロン、ですか。はあ」

試食して意見を聞かせてくれ、と皿が押し出される。おいしそうだがもはや和菓子ではない気もした。チョコレート味のクリームかと思いきや、白餡にチョコレートが練りこまれているらしく、ずっしりと重かった。刻んだ栗も入っていて、食感の変化が楽しめる。

「どう？」

「おいしいんですけど、わたしはどちらかのみで食べたいです。栗入りの白餡か、チョコレートの餡か」

過剰というかなんというか、チョコレートの餡と栗が口の中でケンカしている。商品をよくするために意見を求められているのならば、ここは正直に言うべきだと思った。

「それはあかんわ。どっちも、もう何年も前に出してんねん」

はん、と江島が顎を上げる。

「あ、そうなんですか」

「そんなことも知らんのか」

「知らないです。だってわたし、今年の四月に入ったばかりですから」

江島は「な」と言いかけて、激しく咳《せ》きこんだ。な。いったい、なんと言おうとしたのだろう。おそらくまた「生意気」だろう。「なまはげ」や「なんばグランド花月」等でないことはたしかだ。

「反抗的やな」

意見を述べているのであって、断じて反抗ではないと言いたかったが、江島は茉子ではなく伸吾に向かって話している。なぜか伸吾が「すみません」と頭を下げた。

「亀田さんはどう思います？」

伸吾の問いかけにつられて、全員の視線が亀田に向く。茉子はさきほど亀田がチョコマロン味を口にしたあと、急いで水を飲んでいるのを見た。たぶん亀田も味が過剰だと感じたに違いないと期待したが、亀田はぼそりと「おいしいですよ」と呟く。

「さすが」

江島が親しげにピーンと親指を立てた。江島と亀田はそういえば同期入社だった。

「ようわかってるわ、亀田は」

亀田は軽く頭を下げただけで、江島と目を合わせようとしない。

「よかった。先に食べてもらった工場のみんなからも評判いいんです」

商品開発の太田が声を弾ませ、茉子は自分の靴のつまさきに視線を落とした。反対意見がいっさい採用されない会議なら呼ばないでほしかった。江島がスマートフォンを耳に当てながら会議室を出ていく。それにつられたようにみんなも立ち上がり、太田以外の全員が出ていった。片づけを手伝おうと手を伸ばすと、太田が「あ、ありがとう」と微笑《ほほえ》む。

「小松さん、仕事もう慣れた？」

空の紙コップを重ねる合間に茉子に訊ねる推定三十代後半の太田には、小学校高学年の双子の息子がいると聞いた。太田さんはキャリアがあるから、と伸吾がこのあいだ話していた。コンビニスイーツを開発する仕事に十年以上携わっていたのだという。そのキャリアがあるから正社員として迎え入れられた、というようなことも。

「そうですね。慣れたというか。どうでしょう。自分では慣れたつもりですが」

「ま、何年かやってみないと、その仕事のおもしろさってわからへんしね」

「そういうものですか」

開け放たれたドアごしに事務所の様子を窺《うかが》ってから「ところで江島さんはいつもあんな感じなんですか？」と問うと、太田はふしぎそうに首を傾げた。

「え、どういう意味？」

「なんというか、威圧的というか。ちょっとこわいんですが」

話しているあいだにも、江島が電話で話している声が聞こえてくる。ああ。ああ。ほんで？　はあ？　俺がなんで怒ってるかわかる？

電話の相手は正置だろうか。以前にも江島が正置に「自分が怒っている理由がわかるか」と質問している現場を、目撃した。わざわざクイズ形式にせずに、さっさと説明してあげたらいいのにと思う。

「まあ、それは否定せえへんけど、でも江島さんはええ人やで」

太田はテーブルの上のものをてきぱきと片づけていく。消毒用アルコール容器のスプレーを丸めたキッチンペーパーに吹きつけ、あっというまになにもなくなったテーブルを力をこめて拭いた。そうじゃなくて、と茉子は息を吐く。なにも「江島は生まれながらの極悪人に違いなく、良いところなどひとつもない」と言いたいわけではない。

すべての人間を「良い人」と「悪い人」のいずれかに分類しようとすれば、ほとんどの人間は前者に振り分けられる。よく探せば、誰にでも良いところのひとつやふたつは見つかるものだから。茉子は他人の人格を否定したいのではなくその言動に問題があるか否かの話をしたいのだが、いつもこの「根はいい人」理論に打ち負かされる。

前の会社でもそうだった。大声出すけど根はいい人、仕事できないけど根はいい人、などとかばい合い、直視すべきものから目を逸らし続けているうちに、根のいい誰かが根のいい誰かを追いつめて、追いつめられた。物思いに沈む茉子の肩を、太田が「まあ」とやさしく叩く。

「まあ、ね。態度があんなふうやからこわいと思うかもしれんけど。わたしらにはやさしいよ。よう差し入れしてくれたりするし、それに」

以前、納品のスケジュールについて取引先から無茶を言われた際に、江島が「びしっと一喝してくれて」事なきを得たという話を、身振り手振りを交えて話してくれた。

「やっぱりいざという時にびしっと言える人って、頼りがいあるよ。そんなにひどいかな？　あの世代の男性やったらあれが普通ちゃう？　……ほら、うちはとくに今の社長が頼りないし。江島さんみたいな人がおってくれたほうがええと思うな」

太田はちらっと事務所のほうに視線を走らせ、声を潜めた。

工場のスタッフを気遣うのも、ある種の頼りがいがあるのも事実なのだろう。それでも茉子には江島の態度は、とくに正置にたいする態度は、時折度を越しているように感じられる。

「それに前に、江島さんが『見込みのあるやつにこそ、厳しく接する』って言うてたで」

「はあ」

「江島さん、正置くんのこと気に入って、わざわざ工場から営業に異動させたぐらいやからな」

小松さん、勘ぐりすぎ。茉子の肩を軽く叩いて、太田は出ていった。茉子もまた、自分の席に戻る。江島の姿が消えていたが、予定表にはなにも書かれていなかった。茉子が椅子に腰をおろすと同時に、亀田が下を向いたままなにごとかを呟いた。

「え、なんか言いました？」

「あんたは見過ぎる、って言うたんや」

「ミスギル？」

「いろんなものを見ようとし過ぎる。考える必要のないことを考え過ぎてる。じきに消耗する」

見ずに、考えずに、通り過ぎたほうが楽やで。そう言葉を継いで、亀田は電卓を打ちはじめた。目にもとまらぬ速さでキーを叩く。亀田がこれをやりはじめると、もうなにをどう訊ねても答えてもらえないということを、茉子はすでに学んでいた。


その日の帰り、母から「卵買ってきて」という電話があった。自転車を左折させ、指定のスーパーに向かう。卵をカゴに入れるあいだにも「あと食パン」「やっぱロールパン」「麻婆豆腐《マーボー》の素」と、どんどん買い物リストが追加される。

麻婆豆腐の素の売り場がわからずうろうろしていると、山積みになった特売の菓子のワゴンの陰から亀田が姿を現した。茉子を見て、驚いたように目を見開く。茉子ももちろん驚いたが、会社からそう離れていないスーパーで会うのはべつにそれほど不思議なことではなかった。亀田は、若い男と一緒だった。

「これ、息子」

作業着のようなズボンの尻ポケットにタオルをつっこんだ亀田の息子は「ども！　善哉です！」と大きな声で挨拶する。

じつによく似た親子だった。目や鼻といったパーツが大きくて、全身の骨組みががっしりしている。同世代の男性を数名並ばせて「誰が亀田さんの息子でしょう」とクイズを出されたとしても、絶対に正解する自信がある。

「いつもお世話になってます。小松です」

善哉は茉子をじっと見つめ「かわいい人やな」と自分の母親に告げる。かわいい。それは茉子がめったに他人から言われることのない言葉のひとつだった。猛烈な気恥ずかしさに襲われながらも「それは、どうも、ありがとうございます」と頭を下げる。

「小松さん、この子は誰にでもこんなん言うから。女も男も若くても年寄りでも、なんやいうたらすぐ『かわいい』『かわいい』て騒ぐねん」

亀田がふんと息を吐く。

「かわいい人のかわいい部分を見つけるのが得意なんで、俺」

「え、うれしいです」

もしかしたら善哉の「かわいい」は生きとし生けるもの、というぐらいに対象範囲が広いのかもしれないが、だからと言って自分がほめられた喜びが消えるわけではない。

「うれしいです、とても」

「ぜんぜんうれしそうに見えへんけど」

「うれしいです。めったに言われませんから」

以前は、誰かにほめられるとびっくりして「そんなことないです」と謙遜していた。でも、すこし前に母が「本人を前にほめるってけっこう照れることやんか。それやのにみんな『そんなことないです』って否定するのね。あれはプレゼントを受け取ってもらわれへんかったみたいでかなしいねえ」と言っているのを聞いてからは、どれほど気恥ずかしくても謙遜はしないことにした。

亀田は茉子を麻婆豆腐の素が並ぶ棚の前まで連れていってくれる。

「うちも買っとこ。青椒肉絲《チンジャオロースー》」

亀田は迷いのない手つきで薄い箱をカゴに入れた。

「ありがとうございます。あとはパンだけ」

すかさず「パンはこの隣の隣の列」と教えてくれる。

「さすが、買い物に慣れてますね」

「今日のお夕飯は何にしようかしら？　とかのんびり考えてる時間ないからな」

特にあの子が小さいうちは、とすこし離れたところにいる善哉を顎でしゃくる。

「お腹すいたーって泣くあの子に『これでも食べときー』ってパン握らせて、そのあいだに大急ぎで夕飯の用意して。そっから布団に入るまでノンストップ、座る暇もなしや」

「だからパートなんですか？」

踏みこみ過ぎかな、と気にしつつ、思い切って訊ねてみる。会社より気がゆるんでいるのか、亀田はいつもよりよく喋る。たぶん、訊くなら今しかない。

「……昔、社長に言われたんや。うちの会社も余分な人件費は払われへんし、社員の椅子はあとから来る若い人のために空けといてあげてな、って。まあこっちは、どこでもええから働ければ御《おん》の字《じ》、それぐらい切羽《せっぱ》詰まってた」

「そんな」

おばあさんがカートを押しながらやってきたので、茉子たちは邪魔にならぬよう、端に身を寄せる。鮮魚売り場のほうから楽しげな音楽が聞こえる。

「その頃は、事務員の正社員は新卒採用って決まっとった。でもあんたは」

あんたは、と茉子を見つめる亀田の目が、すっと細められる。

「あんたは、でも、ま、社長の親戚やからね」

冷たい手を背中に置かれたようだった。返す言葉が見つからず、茉子は足元に視線を落とす。どこかに消えていた善哉がファミリーパックのチョコレートを手に「なーなー、これ買っていい？」とにぎやかに戻ってきた。


今日はぜったいに『水無月』を買って帰ること。朝家を出る前からすでに十回ぐらい自分に言い聞かせたことを、事務所のパソコンに向かいながらまた頭の中で復唱する。満智花は今日も家に来ていたりするだろうか。あの子はまだ仕事が見つからないのだろうか。四つ買うべきだろうか。以前も同じことで悩んで四つ買って帰ったら、その日にかぎって来ていなかった。満智花のせいではないのだが、なんとなく振り回されているように感じるのもまた事実だ。

急ぎの仕事は昨日のうちに終わってしまって手が空いているため、仕事以外のことばかり頭に浮かぶ。月末近くになると忙しいと言われていたが、その忙しい月末に備えて月の半ばに済ませておいた諸々の準備のおかげで、今はむしろ暇だった。

「亀田さん、なんか手伝うことないですか」

「あ、メモ紙つくっといて」

ミスコピーの束から機密事項に触れないような書類のみ選んで四つ切りにし、メモ紙の束をつくる。それはすべての仕事の中で茉子がいっとうつまらないと感じる作業だったが、なにもせずに座っているよりはましだ。暇は多忙よりずっと苦しい。

机の上の電話が鳴り出す。『こまどり庵』の中尾だった。

「社長おる？」

「はい。少々お待ちください」

電話を取り次ぐと、伸吾はか細い声で受け答えをはじめた。はい、はい、あー。「あー」のところで、茉子と亀田を交互に見る。

「小松さんと亀田さん、今から『こまどり庵』のヘルプに行ってくれる？」

パートのひとりが無断欠勤し、もうひとりが病欠して、店頭スタッフが中尾ひとりだという。

「手空いてる？」

亀田が無言で頷く。茉子は片手を挙げて「空いてます」と答えた。店舗のヘルプに行かされることもある、と以前に聞いてはいたが、実際に頼まれるのはこれがはじめてだ。紙を四つ切りにするよりはずっと楽しそうで、茉子は勢いよく椅子から立ち上がった。

「亀田さんって、瀬川さんと連絡とったりしてます？」

事務所を出て、自転車を飛ばす亀田の背中に向かって声を張り上げた。

「してない。だいたいみんな二、三年で辞めていくし。はやくて一年。長くて四年。個人的につきあうことはない。むこうも辞めた会社の人間からいつまでも連絡が来たら、迷惑やろ」あきらめ。ようやく亀田の職務への態度を表現しうる言葉を発見した。この人はきっと、もうずっと前からいろんなことをあきらめている。

心を無にして、粛々と自分の仕事をする。それは一見、強く潔く感じられる。亀田は茉子に「じきに消耗する」と忠告したが、では亀田は今のやりかたなら消耗せずに生きられるとでもいうのだろうか?

店についたら訊ねようと思っていたが、そんな暇はなかった。『こまどり庵』に着くや否や体温を測られ、手を洗わされ、店の制服に着替えさせられた。「接客あいうえお」というはり紙の「ありがとうございます」「いらっしゃいませ」を発声させられ、二度やり直しをさせられたのちに、いきなりフロアに出された。

午前中は生菓子を買い求める人が多く訪れた。茉子は中尾に指示されるまま紙袋や熨斗《のし》を用意し(「小松さん、そこに入ってるそれとって、それちゃうわ、ちゃう、あーンンーもうっ!もうええわ」)、おぼつかぬ手つきで生菓子をガラスケースから出した(「小松さん、おそい、おそい、スピードアップ!」)。

具体的なことはなにも説明しないにもかかわらず、たいへんに口やかましい。店員が定着しない原因はこれじゃないのか、と勘ぐらずにはいられない。目が回りそうだとぼやきながら、中尾は元気よく店内を飛び回る。忙しければ忙しいほど輝く人はたまにいて、茉子の中で彼らは「乱世にしか生きられぬ者」のカテゴリに分類されている。乱世にしか生きられぬ者。歴史小説などに出てくるタイプの人。

自動ドアが開き、宅配便の制服を着た男が飛びこんできた。さほど大きくもない段ボール箱を持ち上げた亀田が、ウッと呻《うめ》く。そのままの姿勢で固まって「ちょっと、ちょっと、あんた」と茉子を呼んだ。

「どうしたんですか」

「腰が……！」

急いで段ボール箱を受けとったが、亀田は腰を屈めたその姿勢のまま動けずにいる。いわゆるギックリ腰というやつのようで、手負いの獣のような呻き声を発しながら中尾につきそわれて奥に消えていった。茉子だけが店内に残されたその最悪のタイミングでひとりの客が入ってきた。メガネをかけ、髪を茶色く染めた（でも根元は黒い）茉子とそこまで年のかわらなそうなその男性は、顎までマスクをずりさげて入ってきて、腕組みしてガラスケースに並ぶ『水無《の》月』を見ている。いや、睨《にら》んでいる。親の仇《かたき》のように睨みつけている。茉子は思わず息を呑み、背筋を伸ばし両手を重ねた姿勢でそれを見守った。中尾はまだ奥から戻らない。

「お姉さん」

男性が顔を上げる。ばっちりと目が合った。

「この小豆って、どこ産？」

どこ産。茉子が口を開く前に、原材料はなにとなにとなに？　と言葉を重ねた。どちらも正確に答えられない。「確認してまいります」と茉子が言うなり、男性が声を上げて笑った。

「ええ？　そんなことも知らないの？　え、自分とこの商品でしょ？」

男性はメガネをずりあげる。レンズの縁が指紋で汚れていた。あまり背が高くないので、向き合うと目線の高さがほぼ同じになる。なんと答えればいいのかわからずかたまっている茉子は、男の目には「ふてくされている」とうつったようで、今度はそんな表現ではげしく攻撃してくる。なんですかその態度、え、え、失礼じゃないの。え、え。誰かが、茉子と男性のあいだにさっと割りこんだ。中尾だった。

「申し訳ございません」

こちら小豆は北海道産で、とはじまった中尾の流暢《りゅうちょう》な説明を、男性はもうほとんど聞いていなかった。フン、と息を吐いてガラスケースを離れ、棚に陳列されたバラ売りの最中をつまみあげている。中尾が茉子を振り返り「もうええわ。あなた休憩入りなさいよ。三十分ね」と小声で命令した。

カウンターの奥に引き上げると、厨房が見えた。揃《そろ》いの紺色の制服を着た男性がふたり、茉子が、その名称を知らない細長い道具をあやつっている。厨房の手前の部屋のドアが開いていて、そこが従業員の控室のようだった。亀田が二つ折りにした座布団を抱きかかえて椅子に座っている。茉子と目が合うと、申し訳なさそうに眉尻を下げた。

「ごめんね」

「いえ。痛みますか？」

「かなり痛い」

善哉に電話して、迎えに来てもらうという。病院に連れていってもらうつもりだが、息子の仕事は十七時までなので、それまではここで待つしかないという。テーブルの上にペットボトルの緑茶が並んでいた。それは従業員が自由に飲んでもよいものらしく、亀田から「飲みや」

と手渡される。喉が渇いていたので、すぐに開けて飲んだ。生ぬるい緑茶の苦みが口の中に広がる。

「あんた、今から休憩？」

「はい。亀田さんはなにか食べられそうですか」

食欲はある、と言うので、ロッカーから亀田のかばんをとってきてやった。メロンパンを取り出した亀田が「さっきの、災難やったな」と呟く。

「さっきの？」

「ああいうお客さん、昔っからおるんや」

そうですね、と頷きながら、かばんから今朝寝ぼけながら握ったおにぎりを取り出した。ぜんぶ聞こえていたらしい。今も中尾が接客する声が聞こえてくる。

「だいじょうぶ、です」

大きくひとくち齧った。今朝台所に母が「お弁当に」と買っておいてくれた鮭わかめごはんの素とひじきごはんの素が並んでいて、迷ったあげく鮭わかめにしたが、正解だったと思う。不慣れな仕事をしてへんな汗をかいた身体に鮭の塩分がしみる。目を伏せながら、おにぎりを食べ続けた。

「ほんとに、ぜんっぜん気にしてないんで」

ぜんっぜん、のところで声がひっくり返った。

「あんた」

目を上げても、亀田と視線が合わない。亀田は茉子の手元を見ており、茉子もようやく自分の手が震えていることを知った。

「こわかったん？」

急いで首を横に振る。恐怖ではない。ただ泥をべっとり擦りつけられたような不快さが、茉子の手をいつまでも震わせ続ける。

「ああいう人ってさ、あんまりうまくいってないんやろな、人生」

亀田が低く呟いた。

「そうなんでしょうね」

だから堪忍してやってな、とでも言うつもりだろうか。しかし亀田はいつになくすこし疲れているような、そのぶんやわらかいまなざしを茉子に注いで、続けた。

「まあ、だからなに？　って話やけどな。わたしら、べつに理解してあげる必要ないよな」

亀田はつけたして、茉子から視線を外した。

「そうですよね」

むかつきました、と大きな声で言って、おにぎりを齧った。亀田が短く相槌を打つ。手の震えが、ようやく止まった。

善哉は十七時きっかりにやってきた。店に入るなり「こんにちは！」と大声を出した。「ギックリ腰になった」というメッセージを読み、仕事を一時間はやく切り上げてきたという。亀田に肩を貸して、控室から出てきた茉子に、善哉が「あっ、どうも！」と頭を下げる。地声が大きいらしい。

「べつに、そんなに急ぐ必要なかったのに」

「ええねん、俺もはよ帰りたかったし」

困った顔の母親に、善哉は曇りのない笑顔を向ける。逆にラッキーや、と何度も言う。よほど帰りたかったらしい。

「あ、小松さんも、もう亀田さんといっしょにあがってもらってええわ」

中尾がそう言ってくれたので、遠慮なく帰ることにした。

外に出ると雨がまばらに降っていた。天気予報では、夜から雨となっていたから自転車で来たのに、なんということだろうか。店の前に六人乗りのワゴン車が停まっていた。善哉は後部座席のドアを開け、母親の手をとって車内に誘導する。後部座席にはクッションがいくつも積まれていた。それを抱いて座ればいい、と指示している姿を、茉子は感心しながら眺めている。

「用意周到ですね」

「ギックリ腰、三回目やから」

茉子を振り返って「ついでに送っていくで。乗っていって」と続ける。

「そうしてよ、小松さん」

車の中から亀田も言い添える。すこし考えてから、じゃあお言葉に甘えて、と頭を下げた。

自転車は明日とりにくればいい。以前雨の中を自転車で走っている時にマンホールの蓋《ふた》で滑って派手に転倒して以来、茉子は雨が降っている時は自転車に乗らないことにしている。

「小松さん、前に乗ってくれるかな」

「あ、はい」

助手席に乗りこんでから、亀田を振り返る。

「痛みますか」

「うん」

顔をしかめて、何度も頭を縦に振る。

「まず亀田さんを病院に連れて行ってください。そのあと、駅まで乗せていってもらえたらいいです」

「わ、やさしいなあ。小松さん」

善哉の目がきゅっと三日月形に細められた。マスクをしていると表情がわかりにくいが、善哉は目元の感情表現がとても豊かだ。どうすればいいのかわからずにかたまっている時の自分は、どうもある種の人びとの目には「生意気」とうつるようだ。いつもにこには無理やけどわたしもすこしぐらいは表情筋を鍛えたほうがええんかなあと思いながら、運転する善哉を横目でちらちらと観察する。

車は亀田が通院している個人病院へと向かっている。おもに善哉がひとりで喋った。外見は似ても、口数の少なさは遺伝しなかったようだ。

「この人こわいやろ。無口やから」

ハンドルに手をかけ、前を向いたまま、茉子に話しかけてくる。この人、のところで後部座席のほうに視線を送った。

「こわくないです」

「えー、ほんまに？」

「亀田さんは自分の仕事をきっちりする人だし、陰湿な意地悪とかもしないいし、急に大声を出したりしないし、だからなんにもこわくないです。ただ……」

「ただ？」

茉子は振り返って、亀田と目を合わせる。

「あの、このあいだ言われたこと、じつはまだ気になってます。考え過ぎるっていう」

考えるのをやめたら、あっというまに流される。呑みこまれる。そうではないのか。車がゆっくりと停まる。病院に着いたのだ。

「ここの病院、番号札もらうシステムやねん。ちょっと見てくる」

あまりにも待ち時間が長いようならばさきに茉子を送っていく、と善哉は言い残し、運転席から飛び降りて病院の自動ドアに吸いこまれていく。大きな身体に似合わぬ俊敏な身のこなしだった。

「あんたいつも定時で帰りたがるけど、実家暮らしやろ。毎日なにしてんの」

唐突に放たれた亀田の問いの意味がわからないまま、茉子は答える。母や父のおすすめ映画を観ることもあるが、基本的に自分の部屋で好きなことをやる。ひとりでできることと、手を動かすことが好きなのだ。羊毛フェルトとビーズ刺繍《ししゅう》は長いことやっているし、最近は樹脂粘土でつくるミニチュアフードにも興味がある。

手芸以外ならゲームもやりますし、小説も漫画もいっぱい読みたいのありますし、という説明の途中で、亀田が「もうええわ」と遮った。

「要するにあんたは若くて、元気で、自分のために使う時間がいっぱいある、そういうことや」

「まあ、そうですね」

わたしは違う、と亀田が俯いたところで、善哉が戻ってきた。

「六人待ちやったわ。びみょう！」

それだけ言い残して、またすぐどこかに消える。びみょう。微妙。六人待ちなら茉子を送っているあいだに亀田の診察の順番が来てしまうだろうからまだ送っていけない、という意味の微妙であろうと茉子が脳内で補完していると、亀田がまた話し出した。

「あんたもいつかわかるわ。いつまでも今のまま、若くて元気なままでは生きていかれへんのよ。結婚して、子ども産んで……それも、産むだけじゃ終わらへんしな。家のことして子どもの世話して仕事行って帰ってきてまた家のことして、そのあいだにも子どもがケガしたり、学校で問題起こしたり、親が病気したりすんねん。うちは母が病気で入院して、退院したと思ったらこんどは父が、みたいな感じで、あとは妹がよそで問題起こしたり……とにかく毎日毎日アホみたいにいろんなことがあった」

亀田の声はいつもより掠《かす》れている。どうして急に話してくれる気になったのかな、と思いながら、茉子は窓の外を見る。喋ることで腰の痛みを紛らわそうとしているのだろうか。それとも息子に迎えに来てもらって気がゆるんだのだろうか。すこしずつ強くなってきた雨が、窓ガラスに不規則な模様を生み出す。いくつかの小さな雫が流れおちて混じり合い、大きな雫になる。

「疲れるとなんにも考えたくなくなる。考えずにぜんぶ呑みこむほうが楽やって思うようになる。あんたにもいつかわかる。わかりたくもないやろうけど」

茉子は、窓ガラスを伝う雨の雫の行方を目で追った。目的地をもたず、流れていくものたちは、心細くないのだろうか。

「パートタイム・有期雇用労働法っていうの、ありますよね。同一労働同一賃金ってやつです」

正社員と非正社員との格差をなくすためにつくられた制度だ。亀田は「知ってるよ。新聞で読んだよ」と無表情で頷く。

「亀田さんの仕事内容は正社員と同じやから、これに該当すると思うんです」

「ああ。でもそんなん、いちいち会社に言う気はないけど」

意外な返答に、茉子は後部座席を振り返る。

「どうしてですか?」

「どうしてって……あのね、ことを荒立てたくないの。扱いにくい人、って思われたらおしまいやからね。あの会社に居づらくなる。ねえ、わかる? わたしはあんたとは違う。今から再就職できるわけでもなし。とにかく、不満があろうが待遇が悪かろうが、あの会社にしがみつくしかないねん」

運転席のドアが開いて、善哉が飛びこんでくる。髪も腕も濡れている。

「あ、これ」

紙袋が手渡される。ほんのりと温かく、ずっしり重い。たいやきが三つ入っていた。

「いっこずつね」

ひとつとって、亀田に渡す。どうという特徴のないたいやきだった。

「なにがあったんか知らんけど、あったかいもん食べたほうがええよ。ふたりとも、すっごい疲れた顔してるから」

善哉は自分の母親と茉子それぞれに、屈託のない笑顔を向ける。

人間を産み落としたのちひとりで育て上げる苦労を、茉子は知らない。並大抵ではないだろうと想像するしかない。「考える」気力を、奪われるほどの日々だったのだろう、と。

たいやきを齧ると、熱い餡が舌を焼いた。『こまどり庵』の和菓子よりも餡の甘みが強い。皮はもさもさしているというか、飲みこもうとすると喉にひっかかる。でも今はこのちょっと雑な味わいがありがたかった。

「おいしい」

背後から聞こえる亀田の声はくぐもっていた。茉子は振り返らずに、話を続けた。

「じゃあ、わたしが言います。社長に。亀田さんの待遇の話をします。このあいだのあれって、会長が社長だった頃の話ですよね。今の社長なら……」

「優柔不断で、会長の言いなり。そんな人に話して、なんになるの」

亀田が小さく鼻を鳴らす。

「でも、言わないとはじまりません」

途中で戻ってきた善哉にはまったく話が見えていないだろう。それでも雰囲気で察したのか、なにも口を挟まずにいてくれる。そのことに茉子は心の内でひっそりと感謝した。

「だいたい、なんであんたが、わたしのためにそこまで」

「亀田さんのためじゃないんです」

亀田ひとりの問題ではない。このことはきっと、これから先、あの会社で働く何人もの人間にかかわってくる。

「前例がない場所では、自分が前例になるしかない」

茉子自身の言葉ではない。そういう映画のセリフがあったと、口にしてから気づいた。

「肌の色は変えられません、だから前例になるしかないのです」。ＮＡＳＡで働く黒人の女性たちの映画。あまりにもかっこよくて、思わず膝においたクッションを握りしめた。居間で両親に挟まれながらその映画を観た日のことが遠い昔のように思い出され、「それにひきかえ」と思ったら泣きたくなった。自分はぜんぜんかっこよくない。「コネの子」なんて呼ばれて。亀田にも「あんたは社長の親戚」と言われてしまった。

でも、そのコネのおかげで茉子が他の社員より強い立場であるというのならば、おおいに利用してやろう。たった今、そう決意した。自分ではなく他人のために利用しよう。

亀田は答えない。なにかの義務のように、せっせとたいやきを口に押しこんでいる。

「そろそろ、順番かな」

善哉がふたたび、車の外に飛び出していく。道路や木々を濡らす雨の匂いが流れこんできて、車内に充満しているたいやきの甘い匂いと混じりあう。

「ささいなことでも大事なことでも、考える時間と労力が惜しいぐらい、忙しかった」

振り返ると、亀田は病院に入っていく善哉を見ていた。

「でもあの子、もう大人や」

「そうですね。だいぶ大人ですね」

自分自身のことを考えるタイミングなんかもしれんね、という亀田の言葉に無言で頷いた。どうしても言葉にならなくて、ただこくこくと頷くので精いっぱいだった。

雨はまだ降り続いている。窓ガラスを、そっと指の腹でこする。ひときわ大きな雨の雫がひとつ、性急なスピードで流れていった。

第三章　夏の雪

モノレールの良いところは静かなところで、悪いところは高所恐怖症気味の人間にてんでやさしくないところだ。ショッピングモールに向かうモノレールの座席に深く座りながら、茉子は視線を自分の膝に固定している。窓の外を見たくない。それは隣にいる母も同じで、さきほどからずっと自分のスカートの模様を指でなぞっている。

共通の弱点を持つ人間がふたりで行動するのは、あまりよくないことかもしれない。その考えを口にすると、母は「なんで」と怪訝《けげん》そうに片眉を上げた。

「映画とかってさ、主人公にわかりやすい弱点があったりするやん。ヘビが嫌いとか」

「あ、それ、インディ・ジョーンズな」

「それそれ」

子どもの頃、「おもしろいから」「ぜったいおもしろいから」と両親にしつこく何度も観せられた映画の主人公の名を、茉子はなつかしく聞く。

「うん。あの人の相棒もヘビ嫌いやったら困るやん。サポートできひんから」

「キャラ被《かぶ》るしな」

でも大丈夫やで、と母が茉子の肩に手を置く。

「わたしら古代の秘宝を探しに行くわけちゃうから。ショッピングやで、今日は」

「わかってるよ。ものの譬《たと》えや」

『吉成製菓』に入社して四か月が過ぎた。今日からお盆休みだ。さらにあと二か月勤務すれば、茉子にも有給休暇が発生する。有給の！　休暇！　なんとわくわくする響きだろうか。社会人になってから数年が経過した今も心躍る。

　前に勤めていた会社で、有休を申請した際に「あんた新入社員のくせに休むの、すごいな」と先輩に顔をしかめられたことを思い出す。申請は通ったものの、足の甲を自転車に轢《ひ》かれたぐらいのダメージを心に負った。伸吾はこころよく有休を取らせてくれるだろうか。嫌そうに与えられる有休と「どうぞどうぞ」と笑顔で与えられる有休ではまったく違う。たとえ当然の権利であると知っていてもだ。

　モノレールを降りると、ホーム全体が熱気に包まれており、車内との温度差に皮膚がむず痒《がゆ》くなった。梅雨が長く、いつまでも寒かった。七月のあいだは長袖で過ごしていたのに、八月に入ったとたん、「そろそろ本気出しますよ」とばかりにきっちりと夏の気候になった。ペンキを塗り替えたようなあざやかな変化だった。モノレールの駅とショッピングモールを結ぶ連絡通路を歩いているだけで、額に汗が噴き出す。

　あっついなあ、と顔をしかめながら手で自分の顔を扇《あお》いでいた母は、ショッピングモールに足を踏み入れるなり、入り口近くのベーカリーに並んだパンに気をとられて立ち止まってしまった。

「じゃあ、二時間後に」

バゲットやデニッシュに魅入られたように動かない母の肩を叩いて声をかける。

「あ、いつものとこでいい？」

「うん」

同時に片手を上げて、ふたてに分かれた。母は二階の婦人服売り場に向かい、茉子は別棟の文房具店を目指す。おたがいに見たいものが違うので、母との買いものの際はかならず別行動になる。

茉子はまず、文房具店に足を踏み入れる。寿司のかたちをしたクリップと踊る猫又が描かれたノートを購入したのち、手芸材料の店へと向かった。このあと書店に寄ることを考えると、あまりのんびりはしていられない。

できれば楽器店ものぞきたいと思っていたのだが、手芸材料の店はちょうどセール期間中で、勇んで樹脂粘土やらなんやらを購入しているあいだに、母との待ち合わせの時間まであと三十分を切っていた。

あの書店は広い。早足で母との待ち合わせ場所である広場に向かいながら、茉子の心はもどかしさに焼かれる。とても広いから、興味のあるコーナーをじっくりまわるためには、最低でも一時間は欲しい。

まず単行本の新刊をチェックし、次に文庫のコーナーに移動する。単行本はとても好きな作家のものだけしか買わないが、文庫は単行本に比べれば安価なので「ちょっと気になるかな」という本でも買える。次にその時々の趣味に関する実用書や雑誌を吟味し、余力があれば写真集や画集を手に取ってみるというのが、茉子が書店に行った際のいつもの流れだった。今から行ってもちょっとしか見ることができないのだし、それならばいっそ行かないほうがマシだ。ああ、時間がない。早足で歩くと息が切れる。かぎりがある。時間にもお金にも体力にもかぎりがある。そう思うたび、焦燥に身を焼かれる。好きなもの、気になるものすべてに手を伸ばし、人生を余すところなく楽しみたいのに。

時計の針は十一時五十分をさしている。広場には円形の背もたれのない椅子が点在していた。椅子はすくなく、茉子の座る場所はなさそうだった。立ったまま母を待つ。

おこづかいをもらっていた小学生の頃から社会人になった現在に至るまで、茉子のお金の使途はほとんど変化していない。昔から手を動かしてなにか作るのが好きだった。小中時代は編み物や消しゴムはんこにはまっていたが、高校生になってアルバイトをはじめたことによって資金が潤沢になり、一気に挑戦できる手芸が増えた。手先を動かすのは楽しい。楽しいことが好きなだけで、それらの趣味を仕事にしたいわけでも、なにかを極めたいわけでもなかった。楽しいけどお金がかかるので、そのためには働かなければならない。そしてどうせ働くならまじめに仕事をこなしたい。やりがいとか生きがいとかたいそうなものに頼らなくても仕事はできるし、働く喜びだって感じている。

約束した時間を十分以上過ぎて、母が姿を現した。両手に紙袋を提げている。

「ごめんごめん」

たいして申し訳ないとは思っていなそうな口調だったが、いつものことなので指摘はしない。

母が「このあいだ友だちと行ったら、めっちゃよかった」という豆腐料理の店に入り、おすすめのランチセットを注文した。

「ああ、あっつい」

母がマスクを外して、水を飲んでいる。

「ご飯食べてから本屋さんと楽器屋さん行くけど、どうする？　先に帰っとく？」

「そんなら、食料品売り場寄ってから帰るから、ここ出たらまた別行動で」

「うん。あ、いっぱい買うなら、帰りも待ち合わせしよ。荷物持つし」

たすかるわあ、と母がわざとらしく両手をすりあわせたところで、料理が運ばれてきた。四角い大きなお盆に豆腐のサラダ、湯葉の吸い物、生麩田楽《なまふでんがく》などが並んでいる。

さすが豆腐料理の店だ。あらためてメニューを開くと、デザートのページも豆乳プリン、豆腐のレアチーズケーキと徹底していた。

「楽器屋で、なに買うの」

「なんか、楽しそうなやつ」

最近やたら目が疲れるし、肩がこる。仕事でほとんど一日中パソコンと向き合って、家に帰ったら目を酷使する手芸ばかりしているのだから、当然といえば当然だった。

「たまには違うことやってみようかと思ってんねん。カホンとか」

ピアノやギター等より打楽器のほうがとっつきやすそうだ。母がブフッと吸い物を噴く。ハンカチで口もとを拭いて、また噴き出す。

「ごめん。でも、あんたが自分の部屋でひとりでカホン叩いてるとこ想像したらどうしても笑ってしまう」

「いいよ。お母さんは笑えるしわたしは楽しいし、一石二鳥や」

がぜん購買意欲が増してきた。

「買おうかな」

「好きにしなさい」

「お母さんもやる？」

「わたしはええわ」

映画を観て、本を読んで。それだけでも時間が足りないのにと母は肩をすくめる。

「お母さんって、ていうかお父さんもやけど、なんでそんな映画好きなん」

母は豆腐のサラダの器を持ち上げながら「なんの役にも立たんから好きなんや」ときっぱり言い切った。

「なんの役にも立たんことはないと思うけど」

映画を千本観たらただの「映画を千本観た人」になり、本を千冊読んだらただの「本を千冊読んだ人」になる。それだけのことだと、母は言う。そうではない人より感性や想像力や倫理観や知識が蓄えられるわけでもない、だからたくさん読んでいるとか観ているとか、なんの自慢にもならない、と。

「そんなことないよ！　勉強になったり考えさせられたり、いろいろあるやろ。フィクションを通じての学び、みたいな」

「あーりーまーせーん。人が考えたこと読んだり見聞きしたりしただけのことを、『学んだ』って錯覚してるだけや。ていうか茉子あんた、すべてのフィクションからなにかを学ぼうとか吸収しようとか、そんなことばっかり考えてんの？　病むで、そのうち」

「病むの？」

「あとその『考えさせられる』って言いかたも、ちょっとなあ。考えさせられますって言いながら実際そのテーマについて考えてる人、ほとんどおらんような気がする」

「そんなことないって、それは偏見や」

反発しながら、豆腐のサラダをひとくち食べる。いつも家で食べている豆腐より、ずっと大豆の味が濃く、ほのかに甘い。

「ところでこれ、おいしいね」

顔を上げた時、母の傍らに置かれた紙袋からピンクのなにかがはみ出しているのに気づいた。

「それなに？　ぬいぐるみ？」

「いや、ルームシューズ。うさぎちゃんの」

「そんなん履くの、お母さん」

「いや、これはみっちゃんに」

冷房で末端が冷えがちだという満智花のために、専用のルームシューズを用意してやるという。

「……完全に自分の娘やん」

思った以上に不機嫌そうな口調になってしまい、慌てて水を飲んでごまかした。二十七歳にもなって親をとられたとか、とられそうだとか、そんなことは思っていない。ただ満智花がなにを思って自分の両親と長い時間を一緒に過ごしているのか、そこのところがどうしてもわからないのだった。

茉子が仕事から帰ると、いつも家に来ている満智花。三人掛けのソファーで両親のあいだに腰掛け、茉子に「おかえり！」と笑いかける満智花。「茉子ちゃんはいいな」と言う満智花。二種類以上の選択肢があるといつも「どっちでもいい」「先に選んで」と言う満智花。

「娘とは思ってないけど」

「そう？」

母はよく「たくさん子どもが欲しかった」という話をする。しかし茉子を産んだあとは一度も妊娠しなかった。

「あ、そういえば」

吸い物の椀を持ち上げ、母が意外なことを言い出した。

「みっちゃん、『こまどり庵』でバイトするらしいね。盆明けから」

先日『こまどり庵』のバイトの面接を受けて採用されたと、母に報告してきたのだという。

「聞いてない、え、わたしなんにも聞いてないけど」

「あれ、そうなん？」

メッセージアプリの画面を開く。連絡先は知っているがしょっちゅう家で顔を合わせるので、満智花とやりとりすることはほとんどない。『こまどり庵』で働くってほんと？　なんで？と送信しようとしてやめる。

「なんで教えてくれんかったんやろ」

「同じ場所で働くわけではないから、言わんかっただけかもよ」

母は満智花をかばうようなことを言う。

「でも、事前に相談してくれたらよかったのに」

生麩田楽を口に入れながら喋ったら、さっき以上に不機嫌な声が出てしまう。満智花が前の仕事を辞めた理由について、くわしくは知らない。『こまどり庵』でバイトをするのが悪いとは言わないが、相談してくれたらいろいろアドバイスもできたのにという思いはある。

「茉子は、もし相談されたらなんて言うた？」

「満智花にはもっといい職場があるんちゃう、って言うかな」

「いい職場？　たとえば？　どんな？」

「もっとこう、資格を活《い》かせて、あんまり激務でもなくって、給料もよくて……」

母が「はん」と顎を上げて笑った。

「なに、はんって」

「それぐらい本人も考えたやろ」

そのうえでなおこの選択をしたというならば、そこには満智花自身にしかわからないような理由があるのだろう、ならばわたしたちは彼女の意思を尊重すべきなのではないか、と言われてうっと言葉につまる。尊重という言葉を出されると弱い。昔から両親のお説教にはよくその言葉が用いられた。「敬意を払う」も頻出した。クラスの子みんなと仲良くできなくていい、嫌いな子がいてもいい、でも他人には敬意を払いなさい。

「大半の職場は、そんな茉子の言うような理想郷とは違うよ」

「知ってるよ」

それは知っている。でも最近「だから、しょうがないよね」で済ませたくないとも思いはじめている。具体的にあの会社で自分になにができるのか、それはまだわかっていないけれども。亀田さんは正社員になるんやで、と言おうとしてやめた。それは今のこの、満智花の話とは関係ないから。

亀田の雇用形態について話をした時、伸吾は「会長に一回話してから……」と弱腰だったが、茉子は「社長が決めることです」と繰り返し、最終的には伸吾と亀田のふたりで結論を出した。いきなり理想郷は無理でも、目の前のことにひとつずつ向き合っていくことはできるんちゃうの、などと今いきなり喋り出したら、母を戸惑わせるだけだ。

「お母さんもじつは茉子が『吉成製菓』に入るって言い出した時はけっこう心配したけどね」

「そう？」

余ったお饅頭をもらってきてくれとかなんとか、のんきなことばかり言っていた気がするが。

「伸吾くんは、いい子よ。でも修一さんはなんというか、こう……」

母は眉を八の字にして言い淀み、頭を振り、それから箸袋を異常に細かく折りはじめた。

「なんというかこうって、なんなん」

「むつかしい人やからね。いろいろあったし、しかたないとは思うけど」

いったいどういう意味なのか。母はめったに他人の悪口を言わないが、「むつかしい」はあきらかに誉《ほ》め言葉ではない。

「けど、やさしいところもあるんちゃう？　だってわたし、おじいちゃんのお葬式の時にお饅頭もらったもん」

「おじいちゃんのお葬式って？」

お骨拾いの時に大声で泣いてしまい、会長が外に連れ出してくれたと説明すると、母はきっぱりと首を横に振る。

「それはない。だって修一さん、うちのお父さんのお葬式に来てないもん」

「え？」

会長こと修一おじさんはその時、入院していたのだという。

「食中毒でね。牡蠣《かき》にあたったらしい」

こんな時になんなのだと腹を立てたため、そこだけはとてもよく覚えていると断言する母は、火葬場で茉子がわんわん泣いたことは一切覚えていなかった。

「そんなことあった？」

「あったよ！」

涙はしょっぱい、お菓子は甘い。ひとりごとのようなその言葉が、まだ耳に残っているのに。じゃあ、あれはいったい誰だったのだろう。

まああの時はわたしも父親が死んでちょっとパニックやったからな、と母が頰に手を当てる。

「危篤になってから一週間ぐらい、まともに寝てなかったし、お通夜もお葬式も記憶がところどころあいまいやわ。でも修一さんが来てないことだけは確か」

話し終えた母がごはん茶碗の蓋をとった。かやくごはんおいしそう。母の明るい声に押し出されるように古い記憶はどこかに散らばってしまい、あとかたも残らなかった。

なんせ幼児の頃だ。勘違いをしている可能性はおおいにある。でもたしかに誰かに『こまどりのうた』をもらった。それは間違いない。

帰りのモノレールの中で母がふと「もしかしたらそのお饅頭くれた人って……あの子ちゃうかな」と呟いたのだが、茉子が「あの子？　誰？」と身を乗り出すと、気まずそうに口ごもってしまった。そのあとは何度訊いても「なんでもない」しか言わなくなった。

祖父ではなく、違う誰かの葬儀だったという可能性もある。盆の休暇明けにタイミングよく会長が会社に電話をかけてきた際にそのことを確認しようと思ったのだが、言えなかった。

「茉子ちゃんか」という会長の第一声のこわばりが、茉子の口を噤ませたのだった。

「あ、はい」

「きみ、だいぶはりきっとるようやな」

え、どういう意味？　通常運転ですけど？　戸惑う茉子の耳に「はぁー」というわざとらしいため息が受話器越しに注ぎこまれる。

「きみはおかしな方向にはりきるような子とは違うと思ってたけど、それは私の勘違いやったんかな？」

「……ええと、あの」

「ま、ええわ。社長にかわって」

この短い会話に「はりきる」が二回も登場した。もしかしたら「がんばってる」とほめようとして、言い間違えただけかもしれないと思う。そんなわけないだろうとも思う。いや、そんなわけないやん。「おかしな方向」言うてたやん。完全に悪意があるやつやん。え、なに。こわ。茉子の心はおおいに乱れ、ついでにキーボードを打つ指の動きもおおいに乱れ、請求書をセ急所と入力してしまうようなミスを連発した。まだ電話が終わらない伸吾は、受話器を持っていないほうの手で頭を抱えている。さっきからずっと「はい」と「すみません」しか言っていない。

思わずため息をつくと、隣の正置がメールの返信を打つ手をとめた。

「どうしたん？　小松さん」

今日の正置は営業先から予定を延期され、午前中の予定が急に空いたので事務所で書類の整理をしている。江島は別件の打ち合わせに行っていて留守だった。

「なんでもないです」

「そう？　なんか顔色悪いで」

最初の頃、正置は茉子に敬語をつかっていた。会長の親戚なんでしょ、と遠慮がちだったが、茉子が会長と自分の親がいとこ同士なので親戚といっても遠いし、社長はともかく会長のことはよく知らないのだと説明すると「あ、そうなんや〜」と突然くだけた態度になった。たとえ茉子が伸吾と親しくても、それは正置を恐縮させる理由にはならないようだった。

江島がいない時に限り事務所でなにかと茉子に話しかける正置は、さっきからずっと『ミルクたっぷりカフェラッテ』と書かれた紙容器を振ったり、ストローをいきおいよくつきさしたり、ひとくち飲んで「あー、うまー」と息を吐いたりしてくつろいでいる。正置は事務所の茶を飲まない。このあいだは飲むヨーグルトを飲んでいた。机に置かれていたその容器を見た江島が「うわ、お前そんなん飲むんや！　俺ヨーグルトとかそういうの、あかんねん！

腐った牛乳みたいなもんやろ！」と騒いでいて、とてもうるさかった。正置に「飲んでください」とすすめられたわけでもないのに、他人が飲んでいるものにたいしていちいち「自分はそれが嫌いだ」と主張しなければ気が済まないなんて幼稚だ。正置はただ黙って笑っていたが。

そう、笑っているのだ。怒鳴られている時をのぞいて、正置は江島と相対する際いつも笑顔を絶やさない。だからこの会社の人は全員同じことを言うのだろうか。「正置くんは江島さんを慕っている」「江島さんは正置くんに期待しているからこそ、厳しくする」と。

茉子の目にはそんなふうに見えない。江島が正置に厳しくするのはただ厳しくしたいからで、正置の笑顔は親しみではなく防御に見える。

わたしの前の職場に、正置さんに似た人がいましたよ。そう言おうとした茉子の頰に、つめたい感触がよみがえる。虎谷の「ずっと見て見ぬふりしとったくせに」という絶叫とともに、白いどろどろしたものが顔に飛んできた。蓋の開いたヨーグルトの器を投げつけられたのだと理解するまでに数秒かかった。ヨーグルトは茉子の服を汚し、病室の床と靴のつまさきを汚し、いつまでも酸い匂いを鼻の奥に残した。

だいじょうぶ？　そう声をかけると、いつも「だいじょうぶです」と笑顔を見せていた彼女が茉子に笑いかけてくれることは、もう二度とないのだと知った。どうやってあの病室を出たのか、どうやって家に帰ったのか、覚えていない。比喩ではなく目の前が真っ暗になったことは覚えている。

「小松さん、これ従業員台帳に入力しといてくれる？『こまどり庵』の新しいバイトさんたち」

いつのまにか、伸吾が背後に立っていた。履歴書を左右に掲げている。

どうやら採用されたのは、満智花ひとりではないらしい。正置が履歴書を覗きこんで「そっちの子かわいいですね」と指さしたのは、満智花の履歴書だった。亀田が顔を上げてちらりと正置を見る。茉子も正置を見ながら、この視線の冷たさを、おそらく正置は感知しえないのだろうな、と思った。


俺もかわいい新入りさんを見にいこうかな、とついてこようとする正置に「そういうの、よくないですよ」と釘を刺し、終業後に『こまどり庵』へ向かった。満智花は研修中で、十八時までの勤務だと聞いている。

店内に満智花の姿はなく、レジにいた中尾が茉子に気づいて「ああ、こまっちゃん」と片手を上げる。二十七年生きてきたが、こまっちゃんと呼ばれたのははじめてだった。もちろん呼んでほしいと思ったこともない。

「須賀《すが》満智花さんは、もう帰ったんですか」

「ああ、お友だちなら今奥でホジュウしてるで」

ホジュウ。補充だろうか。なにを？　よくわからないまま頷いてわらび餅を買い求め、自転車を従業員通用口に移動させた。歩道に停めた自転車のサドルにまたがったまま、読みかけの本を開いて待つ。

十八時を十分以上過ぎて出てきた満智花は、どこか放心したような様子だったが、茉子に気づくとたちまち相好《そうごう》を崩して駆け寄ってきた。

「びっくりしたー、もしかして待っててくれたん？」

「うん。一緒に帰ろうかと思って」

「えー、そうなん？　ありがとう」

いつもはおろしている髪を、今日は後ろでひとつにまとめている。初仕事はどうだったと茉子が訊ねる前に、自分から話しはじめた。

「覚えることがいっぱい。中尾さんってちょっとこわい感じの人やし、緊張するわ。あ、でもな、厨房の職人さんたちはやさしかった！　休憩時間にな、生菓子のあまったやつ食べさせてくれた。おいしかった！　型とかもいっぱい見せてもらってさー。すごかったで。練りきりをこう、魔法みたいにな、ぱぱぱってかたち整えていくねん。あとな、一緒に入った千葉《ちば》さんって人がおって、その人がなんかもう、すごくて」

満智花が茉子に向かってこんなにもたくさんの言葉を発したのははじめてのような気がする。予想以上に元気だが、元気過ぎる。忙しさと緊張で情緒がおかしくなっているのだろうか。相槌を打ちながら、横目でこっそりと様子を窺う。

「ね、茉子ちゃん。ちょっとお茶していかへん？」

「え、うん。いいよ」

満智花とふたりでお茶を飲んだことなど、今までに一度もない。最近では両親が、昔は他の友だちか満智花の姉が、つねに一緒にいた。

「気になってる店があってさ。茉子ちゃん、そこでもいい？」

「うん、もちろん」

記憶しているかぎり、満智花が誰かの提案に異を唱えるとか、自分からなにかを提案するということは一度もなかった。どっちの道通って帰る？　どっちでもいいよ。折り紙の赤と青、どっち使いたい？　茉子ちゃん先に選んでいいよ。だから自分で選択するということがとにかく苦手な子なんだなと思っていたが、「気になる店」はちゃんとあるらしい。

茉子は自転車を駐輪場に停め、満智花とともに商店街に入っていく。古くからある日本茶の専門店だが、去年から二階を改装して、イートインをはじめたという。せまくて急な階段を上がってみると、古びた木のテーブルと椅子が並んでいた。窓に面しておかれた細長いテーブルに、ふたり並んで座った。窓から通りを見下ろすと、買い物客や制服姿の中高生がひっきりなしに行き交う。向かいの眼科から出てきた幼児連れの若い女と、ちょうどそこに入っていこうとする老人がぶつかりそうになって、ぎりぎりのところでおたがいにさっと身体をかわした。道路にはちいさなチラシが散乱しているが、それがなんのチラシなのかというところまでは、ここからは見えない。夏の夜はまだまだ明るく、商店街の様子がいっぺんに見渡せる。

「ずっと入ってみたいと思ってたけど、ひとりではちょっとね」

「へえ」

茉子はほうじ茶のかき氷を選び、満智花は悩みに悩んで、お茶と和菓子のセットを選んだ。

「千葉さんのこと喋っていい？」

満智花が茉子に身を寄せてくる。

「あ、うん」

「あの人、前はあの会社におったんやて」

誰もが知るような有名な企業の名を、満智花は外国の地名を読み上げるようにぎこちなく口にする。千葉の出身大学名も同様に。

「すごくない？　頭良いんやろな」

「まあ、そうやろうね」

その千葉が、今日はずっと中尾に怒られてばかりいたという。

「怒られてたん？　どんな理由で？」

「声が小さいとか、そんな感じ」

頭良くても仕事でけへん人っておるやん？　融通がきかへんとか、コミュ力低いとかさ、その手のタイプなんちゃうかなって、と満智花は首を傾げる。

「満智花はだいじょうぶ？　中尾さんに怒られたりしてない？」

「うん。ぜんぜん」

ただ中尾はすべてに関してちゃんと説明をしてくれるわけではないので、よくわからないままおこなった作業も多いという。

「千葉さんはなんか指示されるたびに『なんでですか?』『これはどういう理由でここにあるんですか?』とかいちいち口挟むから中尾さんがキレてた」

あんたが前におったような大企業さまとは違うのよ、いちいち手取り足取り教えてあげられんから実地で覚えて、と金切り声を上げた中尾にたいして、千葉は平然と「有名企業でしたが『大企業』ではありません。大企業の定義は」と講釈をはじめたそうだ。

「それ聞いてる時の中尾さん、すごい顔してた」

今日、伸吾から預かった履歴書を思い出す。給与計算ソフトに登録するために氏名や生年月日や住所は見たが、経歴まではよく読まなかった。中尾が悪いというわけではないが、「実地で覚えて」というやりかたが万人向けだとは思えない。習うより慣れろ。それが有効な局面は、たしかにたくさんあるのだろうが。

「あーあ、はやく慣れたいなあ」

満智花がため息をついた時、店員が姿を現した。ずいぶん細かく削られた氷だ。スプーンですくって目の高さに持ち上げた。抹茶のかかったかき氷ならよそで何度か食べたことがあるが、ほうじ茶ははじめてだ。『こまどり庵』のメニューにはたしか、かき氷はなかった。口に入れると一瞬でなくなってしまう。甘みはほとんど感じられないが、さっぱりしていてかえっていい。暑い中、自転車を押して歩いてきた汗がひいていく。

満智花が頼んだ和菓子はひまわりを模した生菓子だった。

「写真とっていい？」

満智花が上目遣いで問う。

「いいよ。ていうか、なんでわたしに訊くの」

満智花がスマートフォンを取り出し、さまざまな角度から撮影するのを眺めながら、茉子はまたかき氷にスプーンを挿し入れた。氷のかけらが頬に飛び、すぐに溶けて流れ、茉子は顎にしたたった雫を指で拭う。

満智花は『こまどり庵』での仕事を、そつなくこなしているようだった。なぜか毎日のように、業務日誌のようなメッセージを送ってくる。仕事中にほかのことを考えてはいけない、と思いつつも、つい満智花のことばかり考えてしまう。

今日はめずらしく、事務所に全員が揃っていた。江島と正置、伸吾の三名は週末のイベントに向けての打ち合わせのため、会議室にこもっている。

がんばっているよ、という満智花の報告にはもれなく、休憩時間に食べたお菓子の画像と「今日は千葉さんがどんな理由で中尾さんに怒られていたか」という話題が添えられている。とにかく理屈っぽいので中尾が激怒しているという話を、満智花は語尾に（笑）がつきそうな文章で書き送ってくる。ほかの友人などではなく茉子に送ってくるのは『こまどり庵』の内情を知っている人に話したいということなのだろうと思う。

電卓を取り出すために机の引出しを引こうとして、すこし手間取った。机と引出しの側板とのあいだになにかがひっかかっているようで、右側にがたつきがある。引出しごと外して確かめようとしていると、会議室のドアが開いた。顔をのぞかせた伸吾が「小松さん、ちょっと来て」と手招きし、茉子は「あ、はい」とそちらを見ずに返事をして、外したばかりの引出しを机の上に置いた。

「土日、『こまどり庵』に出てくれへん？」

今週末、新商品の配布イベントが予定されていた。工場のスタッフが応援に行く予定だったが、急に都合が悪くなったという。新商品の『きんぎょ』を先着五十名に無料配布するというイベントだった。

無料配布のイベントは数年前からはじまった。ウイルス対策で試食等の実施が難しくなり、さらに市の大規模な夏祭りやグルメフェスが軒並み中止になった年に編み出された、苦肉の策だったという。しかしかなり好評だったため、今年も継続しておこなうという。『きんぎょ』は金魚のかたちをした紅色の羊羹を半透明の葛饅頭で包んだ涼しげなお菓子だった。夏は和菓子の売上が落ちる季節だ。でも『きんぎょ』はつるりとのど越しがよく、なにより美しい。

「確認したいのですが、休日出勤手当はつきますか？」

伸吾の眉がゆっくりとひそめられる。二日に一度のペースで手入れしていそうなかたちのよい眉だ。もしかしたら伸吾は一日のうちに鏡に向かう時間が自分より長いかもしれないなどと、どうでもいいことを頭の片隅で考えている。

「つくよ、もちろん」

「あと、代休はもらえますか」

「代休……もちろん、もちろん取っていいよ」

「社長、この子ほんまにがめついな」

とつぜん会話に割り込んできた江島の耳に差しこまれた小指が絶え間なくドリルのように動いている。その刺激によって脳がエラーを起こしているのではないかと思い、茉子は「江島さん、それ以上掘らないほうがいいですよ」と声をかけそうになった。代休をほしがるのは、けっしてがめついおこないなどではないはずだ。

正置がとりなすように「はは」と声を上げたが、茉子を含む全員、誰も笑わなかった。

席に戻り、外したままになっていた引出しを確かめる。なにかが引っかかっている。それは予想どおりだったが、その引っかかっているものについては予想外だった。繊細なチェーンに小指の爪ほどの大きさの楕円形のプレートが通されたゴールドのブレスレットだ。プレートは二枚あり、それぞれにNとSというイニシャルが刻印されていた。

昼休みに瀬川に「これ、瀬川さんのものではないですか？」とブレスレットを撮影した画像を添付したメッセージを送ると、すぐに「そこにあったんですね」と返信があった。

郵送しましょうか、と提案したが、瀬川は直接渡してほしいと言う。しばらくメッセージをやりとりしたのち、茉子が終業後に瀬川の自宅近くのカフェまで行くということで話がまとまった。元職場に顔を出すのは気まずい、と言う瀬川の気持ちはよくわかった。

店についたのは、茉子のほうがはやかった。紅茶を注文し、スマートフォンを開く。「壁際の席で待ってます」と瀬川に連絡しようとしたのに、虎谷のアイコンに触れてしまった。ずっと見て見ぬふりしとったくせに、という虎谷の声が、また耳の奥で聞こえた。前の会社の後輩だった虎谷に、何度もメッセージを送ろうとして、どうしても送ることができないままでいる。

画面を見つめながらそのことについて考えていると、瀬川からの「もうすぐつきます」というメッセージが表示された。「了解です」と返したつもりが、間違えて虎谷に送信してしまう。あ、と思う間もなく「既読」と表示され、茉子は頭を抱える。最悪や。

悩みに悩んでやっと連絡できたかと思ったら、突然「了解です」なんて。虎谷には意味がわからないだろうし、他の人と間違えたと察したとしても、いい気分ではないだろう。焦りながら「ごめん、まちがえた」「でも、ずっとどうしてるかなと思ってて」「あの、どうしてますか？」と追加で書き送る。それらにもすぐに「既読」がついたが、虎谷からの返信はなかった。でも既読になるってことはブロックはされてないってことやんな。運ばれてきた紅茶を飲みながら、自らを鼓舞するようにそんなことを思う。

「小松さん、おひさしぶりです」

その声とともに、瀬川が正面の椅子に座った。

「ここ、暑いですか？　それとも具合悪い？」

指摘されてはじめて、自分が汗をかいていることに気づく。

「大丈夫です、ちょっと動揺する出来事があって」

言い訳しながら額をハンカチで押さえる。瀬川はちょっと不思議そうに茉子を見つめて、それからすこし笑った。笑われる意味はよくわからなかったが、動揺する出来事の詳細を求められなかったことに安堵《あんど》する。だって、うまく話せる自信がない。

瀬川は今、派遣社員として働いているという。先月から派遣先に通っているらしく、茉子が「たいへんですね」と言うと「ううん、ちょうどよかったんです」と首を小刻みに振る。

「正直に告白します。派遣会社に登録する前は、バイトしてて。そこでね、恋人ができたんです」

告白、と呼べそうな重みはなかった。声も表情もさらりと乾いている。

「でも職場恋愛の難しさは、経験済みだから。今回は、ちょうどいいタイミングで適度な距離ができたから、だからよかったなって」

「ああ、はい」

そうですね、はい、と茉子は頷く。勤務初日に見た瀬川の涙を思い出して複雑な気分にはなったが、ではずっと未練たっぷりに伸吾を思い、めそめそ泣き続けていてほしかったのかというとそれもまた違う。とりあえず瀬川は元気そうだ。だから「これで良かったのだ」と思うことにした。いや良かったのかどうかはわからない。とにかく瀬川は現在、そのような状況にいるのだと、その事実をそのまま受け止めるしかないのだと思い直した。こちらがとやかく言うことではない。万物は流転する。

ブレスレットを差し出すと、瀬川はかすかに目を細めた。細い手首に当てて、茉子を見る。

「これね、伸吾くんに買ってもらったんです」

茉子はそう言われてはじめて、イニシャルは「瀬川」「夏希」ではなく「伸吾」「夏希」を意味していたのかもしれないと気がついた。今更渡されてもかえって迷惑だったのでは、と気を揉む茉子に、瀬川は笑って首を横に振った。

「小松さんって恋人と別れると、写真とか思い出の品とかぜんぶ捨てるんですね。わたしは大切に取っておきたいから」

「なら、いいんですけど」

「たとえ関係が終わっちゃっても、大切なわたしの歴史だから」

なるほど、と茉子は頷く。なるほど、そういう考えかたもあるのか。

「連絡くれてよかった。わたしも小松さんと話したかったし」

瀬川は意外なことを言い出す。お腹すいちゃった、と注文したチョコレートケーキにゆっくりとフォークを立てて、口に運んだ。

「どうですか『吉成製菓』は。みんなと、うまくやれてます？」

すこし考えてから「会長にはあまり好かれていないようです」と答える。答えてからあらためて会長の「はりきってる」評が、自覚していた以上に心に影を落としていたことを知った。

瀬川はさほど意外でもなさそうに、ああ、と頷く。

「会長、心配性ですもんね」

心配性。どういう意味だろうか。茉子はゆっくりと、しかし確実なペースで瀬川の小さな口の中に消えていくケーキを見つめる。食べかたがきれいな人だな、とも思う。仲吾もこういうところが好きだったのだろうか。瀬川がフォークを置く。んー、と声を漏らしながら、小首を傾げた。

「なんて言えばいいのかな。仲吾くんへの接しかたがときどき、未成年と過保護な親、みたいな時があった」

交際していた頃、仲吾が瀬川と外泊するような時、かならず深夜に会長から電話がかかってきているようだったという。仲吾は「ちょっと仕事のことで」と言い訳していたが、スマートフォンからは会長の「泊まるなら先に言え。いつまでたっても帰ってこんから、なんかあったんかと思うやろ」という声が漏れ聞こえていた。

「いい年した息子の帰りが遅いからっていちいち電話してくるなんておかしいんじゃないのって、最初はびっくりしました」

もともと、瀬川は自分の両親とは折り合いが悪い。だから、自分にはわからないけれども世間の仲良し親子はこういうもので、おかしいと思う自分のほうがおかしいのかもしれない、と思っていたという。

「仲良し、ですかね。彼ら」

首をひねる茉子に、瀬川は「ま、わたしもよくはわからないですけど」と困ったような笑みを浮かべ、話題を変えた。


土曜の朝は、はやめに『こまどり庵』に向かった。更衣室に入ると背の高い女性が鏡で髪を直していた。この人が千葉さんらしい。茉子を見るなり「はじめまして。よろしくお願いいたします」ときっちり三十度のお辞儀をする。滑舌が良く、背筋がぴんと伸びていた。

配布は店内の一角でおこなわれるが、人が密集するのを避けるため、入店人数を制限しなければならない。茉子の今日の仕事はおもに整理券とチラシの配布だった。店内に長く留《とど》まられても困るが、この炎天下に、お客さんたちに長い行列をつくらせるわけにもいかない。

今秋販売の生菓子の宣伝チラシには今日と明日限定の50円割引券がついており、無料配布の『きんぎょ』のついでに他の商品を買ってもらおうという狙いのようだった。けっこう売れるんちゃう、と正置は予想しているが、茉子は無料配布分を受け取って帰る人が大半ではないかとみている。『きんぎょ』はたしかにおいしいが、一度無料で食べてしまえば金を払ってふたたび手に入れたいとは思わない人もたくさんいるのではないだろうか。

しかし「こうすればもっと売れる」という代替案は浮かばず「売れるといいですね」と同意する。

「うん、売りたいよな」

「そうですね。売りましょう……売りましょう！」

　売りに売って、我々の給料を上げてもらおうではないか。正置と茉子は大きく頷きあった。

開店十分前に外に出たが、期待に反して整理しなければならないほどの行列はできていなかった。

　正置が容赦なく照りつける日光をさえぎるように、片手を自分の顔にかざす。茉子は日傘をさして待機していた高齢の女性たちに整理券を配った。『こまどり庵』の隣には桜の木に囲まれた公園があり、中央に設置された噴水から水しぶきがあがっていた。幸運にも今日は湿度が低く、日陰にいれば過ごしやすい。

　列の間隔に気を遣いながら、茉子は瀬川と別れ際に交わした会話を、かすかな痛みとともに思い出す。茉子にとって、会社の内情を知る人と話せるのは楽しい時間だった。

「よかったらまたときどき、こんなふうに会いませんか」と言った茉子を、瀬川は笑顔で、でもきっぱりと拒んだ。

「わたしね、あの会社にも伸吾くんにももう未練はないんです。終わったことだもん。でもね、わたしがまっとうできなかった役目を他の誰かが難なくこなしてるのを見せつけられたら複雑な気分になるし、やっぱりちょっと辛《つら》いかもしれないなって思う。ごめんね、小松さんはなんにも悪くないんだけど」

　難なくこなしてるわけではないねんけど、と茉子は足元を見つめて思う。瀬川に「ちょっと辛い」思いをさせたことも、それをわざわざ言わせてしまったことも、ついでに言うと虎谷からその後も返信がこなかったことも、茉子を痛くする。血が流れるほどではない小さな切り傷のような痛みだ。おおごとではない、でも確実に痛い。

開店時間になった。整理番号を読み上げ、お客さんを店内に誘導する。正置と交代し、二度目に店の中に足を踏み入れた時、店内に罵声《ばせい》が響き渡った。白髪の男性が、レジに立つ中尾につかみかからんばかりの勢いでなにやら喚《わめ》き散らしていた。今さっき渡したばかりのチラシを振り立て、何度も何度も50円割引券のあたりを指さしている。中尾はなんとかその場をおさめようとしているようだ。他の客たちが、遠巻きにそれを見ていた。

とっさに満智花の姿をさがすと、無料配布のカウンターで固まったようにじっと立ち尽くしていた。近づいていって「どうしたん？」と耳打ちすると、満智花のまつ毛が激しく上下した。50円割引券が使えるのは「税込み五百円以上お買い上げの場合にかぎり」で、しっかりとその旨説明書きもしてあるのだが、客は「字が小さすぎて見えなかった。知っていたら買わなかった」と怒っているらしかった。ならば買うのをやめるのか、という趣旨の質問を丁寧な言葉遣いで中尾が繰り出すも、それがまた気に食わなかったと見える。

「そういう問題ちゃうねん」

声が一段と大きくなり、カウンターの奥ののれんが動いた。騒ぎを聞きつけた伸吾が様子を窺っている。伸吾は中尾と客のやりとりを見ながらちいさく首を振り、そのまま奥に引っこんでいった。茉子は絶望のあまり、小さく呻く。なにしてんの伸吾くん、しっかりしてよ。

「あんたどうせパートかなんかやろ、パートのおばはんでは話にならんわ、誰か他におらんのか」

男が吐き捨て、店内を見まわした時、茉子の脇を誰かが素早くすり抜けた。あ、千葉さん、と思った時にはもう、千葉は中尾と男のあいだに立ちはだかっていた。野生動物のような敏《びん》捷《しょう》な身のこなしだった。

「お帰りください」

「は？」

「チラシの字が小さいのは店員のせいではありません。パートのおばはんでは話にならないのなら最初から絡《から》む必要はなかったのでは？　八つ当たりでしょうか？　他のお客様の迷惑になるから出ていってください」

男はしばらく口をぱくぱくさせていたが、やがて舌打ちして店を出ていった。周囲の視線が自分に集まっていることに気づいて、急に気まずくなったようだ。

「お客さんになんて言いかたすんの！」

中尾が千葉を睨みつける。千葉はむっつりと押し黙っていた。中尾に「なんとか言いなさい」とつめよられて、ようやく「でもあの人の言っていることはまちがっていると思いました」と口を開いた。

「中尾さんは悪くないのに『すみません』と言わなければならないのはおかしいです」

「もう……千葉さん、あんた」

もう、ええわ。口調はぞんざいだったが、そう吐き捨てた中尾が直後にこらえきれずにフフッと小さく笑ったのを、茉子は聞き逃さなかった。

無料配布の列の先頭に並んでいたお客さんたちに中尾が「お騒がせしました」と声をかける

と、みな一様に「気にしないで」と言うように片手を振ったり、会釈をして応じる。

「須賀さん、お願いします」

　再度促されてようやく、満智花が反応した。「失礼しました」とお客さんに頭を下げる肩がかすかに震えている。

　まずまずの盛況と言ってよかった。生菓子は夕方には完売し、茉子と満智花は一緒に『こまどり庵』を出る。

　八月から九月初旬まで販売しているという桔梗《ききょう》の花を模した生菓子の美しさとその味の良さについて、満智花は熱弁を振るっている。あとな今『木の露』っていうのがあるねん、つぶ餡を自然薯《じねんじょ》の生地で包んで蒸してあるの、すごくおいしくて、などと話がなかなか止まらない。

「『こまどり庵』のお菓子はな、ぜんぶしっかり甘いねん。甘さ控えめとかじゃないの、そこがいい！」

「あ、うん、そう、ね」

　ひとしきり語ったのち、満智花が「そうそう」と唐突に話題を変えた。

「あの後、千葉さんが江島さんに怒られてたよ」

江島は「ああいう人は基本的にさびしい人なんやから」と言っていたという。相手を刺激しないように笑顔でとりなしていた中尾のほうが正しい、と。なんでもええから女と喋りたいんやろ、とも。

「女性は男性よりきれいでやさしい。せやからおいしいお菓子を売る店員は、きみたち女性でないとあかんねん」という言葉で結ばれたらしい江島の説教は、慣れぬ仕事で疲弊した茉子をさらに倦《う》ませた。店員はものを売るためにいるのであって、客の感情のひずみを受けとめるためにそこにいるのではない。

「千葉さんのやったことはまちがってないと思う。江島さんの言ってることはおかしい」

自転車を押しながら歩いていると、こめかみに汗が噴き出す。手の甲で乱暴に拭った。

「あきらかにおかしいクレームつけてくるお客さんにまで丁寧に応対する必要ないと思うねん。出てけって言う権利、店側にはあると思う」

自分で言って、自分で大きく頷く。お客さまは神さまではないし、神さまであってもおかしなことはおかしい。

「中尾さんのやりかたもなー。あの人、しっかり教えてる暇ないとか言うて、なんでもぶっつけ本番でやらせようとするとこない？　十回話聞くより一回やってみるほうがわかりやすいってことはわかる。でもあの人はこっちがミスしたら怒るやん？　それは違うと思うねん。わけわからんままやらされたうえに怒られる流れができたら、それはもう萎縮するに決まってるって」

また汗が噴き出す。歩きながらバッグに手をつっこんでハンカチをさがすことに気をとられていた茉子は、満智花が立ち止まったことに気づかなかった。数歩歩いて振り返ると、満智花はトートバッグを胸に抱きしめるようにして、下を向いて立ちつくしていた。

「どうしたん？　だいじょうぶ？」

「なんかさ、気持ちよさそうやね」

「え？」

「世の中、茉子ちゃんや千葉さんみたいな人ばっかりじゃないよ」

「どういう意味？　わたしや千葉さんみたいなって」

べつに、と満智花は顔を背ける。

「やっぱり寄り道して帰る。茉子ちゃん、先帰って」

満智花の背中が遠ざかっていく。声をかけたいと思った。かけるべきではないとも同時に思った。かけたい言葉は、でも、具体的にはなにひとつ浮かんでこなかった。夕方の赤い光が遠ざかる満智花の栗色の髪をふしぎな色に染めているのを、ただ立ち尽くして見ているほかない。


茉子ちゃん、わたし今日感じ悪かったよね、反省してる。

寝る直前に、満智花からのそのメッセージを受け取った。そんなことないし、わたしが言ったことのどこがどう嫌やったんか具体的に教えてほしい、と返信したが、既読にならなかった。朝になっても、出勤する時刻になっても。

『こまどり庵』で茉子を迎えた満智花の顔色はすぐれなかった。

「寝てないの？」

「大丈夫」

満智花はごまかすようにマスクを引き上げて、茉子から離れていく。

今日配るチラシの束を用意していると、正置が近づいてきた。さっき須賀さんと喧嘩《けんか》してたやろ、と耳打ちしてくる。

「は？　してないですよ」

「そう？　えらいよそよそしかったやん、須賀さん」

俺な、女きょうだいおるから、女同士のそういう空気に敏感やねん、と得意げな正置を無視して、茉子はチラシの束を持ち上げる。もっと違うことに敏感になってくれと言いたい。

昨日一日で、だいたいの流れはわかった。昨日よりスムーズに列を誘導できたし、説明も昨日よりうまくなった自覚がある。経験は積み重なっていくものだから、昨日より今日のほうが、今日より明日のほうが、ずっとよくなっていくはずだ。まあ、茉子は明日からはもう通常の事務所の仕事に戻ってしまうのだが。それでも経験は無駄にはならない、と言い聞かせながら覗きこんだ店内では、江島がおばあさん二人組を接客しているところだった。ガラスケースの前にひざまずき、熱心に説明している。茉子はそれを見ながら、社外の人にはちゃんとできるんよな、というようなことを思う。丁寧な言葉づかいも笑顔も、事務所で茉子に向けるそれとはまったく違うし、だからと言って「外面」という印象も受けない。江島の、『吉成製菓』の商品への愛と、それを伝えたいという思いがあふれ出ているように見える。いや、見えなくもない。見えると言っても過言ではない、ぐらいにとどめておこう、今は。

昼すこし前に、中尾と千葉が揃って従業員通用口から出てきた。茉子を見て「休憩もらいます」と片手を上げる。

「あ、はい」

「今からパスタ行くねん」

うれしそうな中尾に千葉が「『パスタを食べに行く』のほうがいいですね」と冷静に指摘し

た。

「もう、チバッチはいちいち細かいの！」

中尾が千葉の腕をぶつような仕草をした。チバッチ？　昨日とはあきらかに違う親密な空気がふたりのあいだに漂っている。あのクレーム客の一件が彼女たちの距離を縮めたのだろうか。

紙袋を提げたお客さんが出てきて、茉子と正置は同時に「ありがとうございました」と頭を下げる。血相を変えた江島が飛び出してきて、「さっきのお客さん、どこいった？」と正置の肩を摑んだ。もう片方の手には紙幣が数枚握られている。

「えっ」

「さっきのおばあちゃんや、大きい菓子折買っていった人！」

「あっちの細い通りに入っていきました」

茉子が指さすと、江島はどたどたと駆け出す。

「なんやろ？」

「さあ」

正置と顔を見合わせる。しばらくして、江島は息を切らしながら戻ってきて、茉子たちには目もくれずに店に入っていく。ワイシャツが汗で濡れて、背中にはりついていた。

飛び出していった時に握っていた紙幣が、帰ってきた時にはなくなっていた。嫌な予感がして、茉子は江島の後を追う。そんな予感ははずれてくれてかまわないのに、的中してしまっていた。

満智花の姿が見えない。奥に入っていくと、廊下で江島と向かいあっていた。すこし離れたところで、伸吾がおろおろとそれを見守っている。聞けば、おつりの渡しもれだという。

「すみません」

ずいぶん気さくなお客さんだったようで、満智花がレジをあつかうあいだも絶え間なく満智花に話しかけていたという。それで気が散ってしまったのかもしれない。二千八百三十円の支払いに一万八百三十円預かって、おつりの八千円すべてを渡しそこねた。客が出ていってから江島が見た時、レジ横のトレイに五千円札一枚と千円札三枚がそのまま残っていたという。

満智花は真っ青な顔で俯いている。

「お客さんが受け取り忘れただけやとしても、今は手渡しでけへんのやから、ちゃんと見とかなあかんやろ。見てたか？」

「すみません」

「いや、すみませんちゃうねん。答えになってない。俺は『見てたか』って訊いてんねん」

「覚えてないです……」

「はあ？」

江島の声が裏返り、満智花がびくっと身体を竦ませた。すみません、と消え入るような声で言い、そのまま両手で顔を覆ってしまう。

「はあ？　泣いてんの？」

ちょっとー、勘弁してやぁ。江島が首を振るのと同時に、満智花の身体がくの字に折れた。

伸吾が急いで満智花に歩み寄った。

「奥で休んでいいよ、須賀さん。ね、江島さん、もう。じゅうぶん伝わってると思うんで。

ね」

話の腰を折られた格好の江島はしかし、どこか安堵しているようにも見える。女の涙にはかなわんわ、と聞く者を絶妙に苛立たせる捨てゼリフを吐き捨てていった。

満智花のかわりに店内で接客をするよう指示され、茉子は髪をととのえ、丹念に手を洗った。

「あれ、須賀さんは？」

休憩から戻った中尾が茉子に問う。須賀さんは今休んでて、あの、と言いかける茉子を中尾は「あ、やっぱり。やっぱりな、わかってるで」と片手で制した。え、わかってる？　なにを？　と戸惑う茉子の手に、紙袋を押しつけてきた。

「これ、こまっちゃんからあの子に渡しといて。ついでにあんたも休憩したらいいし」

中尾に渡された紙袋をしばらく眺めたのち、慌てて頷いた。財布を入れたバッグは裏に置いてきた。控室のドアの前に立つと、中から話し声が聞こえてくる。すみません、ほんとすみません、という満智花の声が聞こえた。

「大きい声が苦手で」

相槌を打つような男の声が聞こえた。おそらく仲吾だろう。

「前の職場でも、あ、個人医院で看護師してたんですけど、先生に怒鳴られるたびに頭真っ白になって」

仲吾がまたなにか言うが、滑舌が悪いせいか、ほとんど聞きとれない。

「最低なんですけど、わたし『千葉さんと一緒でよかった』と思ってたんです。中尾さんは千葉さんばっかり叱るから。千葉さんがいたらわたし、標的にならずに済むって」

「うん、わかるよ」

ようやく伸吾がはっきりと発声した。

「医院でも最初はみんなやさしかった。でもいつも怒られてた先輩が辞めてからはわたしが目の敵《かたき》にされるようになって。焦って、また余裕なくなって失敗して怒られて」

「わかるよ」

「昨日と今日は、その頃のことばっかり頭に浮かんできて」

「すごくわかる」

はじめて聞く話だった。伸吾にはそういうことを話すのか。話せるのか。伸吾くんもわたしの前では「どうしよ」ばっかり言うくせになんなん、と思ったら、肺のあたりが素手で鷲摑《わしづか》みにされたように痛む。次第に浅くなる呼吸を整えようと胸を押さえた。よくわからなかった。この動揺が満智花に対するものなのか、伸吾に対するものなのか、自分でもよくわからない。

「今日、中尾さんと千葉さんが仲良さそうに喋ってるの見て、急にこわくなったんです。茉、じゃなくて、小松さんが声かけてくれたけど、言えなくて、なんか情けなかったし」

恥ずかしかったし、と続けた満智花の声が震えていた。

「小松さん、できる子やから」

「うん。それもわかる」

聞かなかったふりで立ち去ることもできる。迷ったが、結局ドアをノックした。はい、と伸吾が応じる。茉子を見るなりさっと顔を伏せた満智花に、紙袋を押しつけた。

「これ、中尾さんから」

中尾が茉子に「あの子に渡しといて」と預けた袋には、鉄分入りのウエハースが入っていた。昼食の後にドラッグストアで買ってきたのだという。

中尾は「須賀さんってな、あの子な、貧血やろ。初日から気づいてたんやでわたしは。うちの娘も貧血やからね。顔見たらわかんねん」と力説していた。「奥で休んでる」という茉子の説明を早合点したらしい。

中尾は中尾なりに満智花を見ているし、気遣っている。わたしだって、と叫びたいのをどうにか呑みこんだ。

「そうやって、ずっと『わかる』『わかる』って言い合ってたらええやん」

そう言い捨てて、廊下に飛び出す。満智花の顔も伸吾の顔も、今は見たくなかった。できる子、と言う満智花の声と、毅然《きぜん》と客に立ち向かった千葉の姿と、以前クレームを受けた後にいつまでも震えが止まらなかった自分の手が、点滅するように交互に浮かぶ。こんな自分のどこができる子なのかと思ったら、視界が白く霞《かす》んだ。

第四章　秋の夢

夏がいつ終わったのか、よくわからない。

先月のなかばに「そういえばしばらく蟬《せみ》の鳴き声を聞いていない」と気づいたような気がする。しかしその何日かあとから、歩いているだけで汗が噴き出すような日が続いた。俺たちの夏はまだ終わっちゃいなかった。そんな普段けっして使用しない一人称と言葉づかいが飛び出すほどに衝撃的だった。

そして今は。今は、今は、と思う茉子の瞼《まぶた》は、どんなにがんばってもゆっくりと降りてきてしまう。秋は眠い。いつもそうだ。暑い時期の疲れが残る身体。昼寝に最適な気候。眠くならないほうがどうかしている。

向かいの席の亀田が一定のリズムで叩く電卓の音も子守歌のようだ。ペンの先で自分の手の甲をつつきながら、茉子は瀬川から預かった大学ノートをめくった。十人以上の人間の手から手へ渡ってきたノートには、いくつもの違う筆跡で書きこみがしてある。貴重なものではあるが、雇用関係の法律などが改正されて、すでに意味をなさないページも多い。

瀬川が書きこんだと思われる記述のみを拾って、ひとつひとつ読んでいく。四月の引継ぎの際に「こまごましたことですけどぜんぶお伝えしますね」と話して聞かされた事柄よりさらに些末《さまつ》なこと、たとえばコピー機の濃度の調整法とか、ポットの洗い方のコツだとかが、ちまちまと書いてある。

仕事はいくつもの些末なことの積み重ねで構成されている。些末なことをおろそかにしない瀬川の人柄が好ましい。実際に会ったのはただの二度きりだが、疎遠になった友人よりもずっと慕わしい。彼女が残した文字を毎日読んでいるせいかもしれない。でももう会うことはできないのだ。「ちょっと辛い」思いをさせてしまうから。

でも元気だったらいいな、あの人には元気でいてほしいな、と思いながら眠気と戦う茉子の記憶の中で、いつのまにか瀬川の顔は満智花の顔にすりかわる。

夏に満智花と伸吾との会話を立ち聞きし、さらにそれを本人に知られた。以来、満智花はぱったりと家に来なくなってしまった。両親は単に『こまどり庵』の仕事が忙しいのだろうと思っているようだが、ほんとうは違う。そのことを、まだ彼らに話せずにいる。

満智花の顔を仔細《しさい》に思い浮かべようとすると、今度はなぜか虎谷の顔になった。昨日も電話をかけようとして、かけられなかった。むこうも今更連絡されても迷惑なんじゃないかと思う。自分がそう思いたいだけなんじゃないかとも思う。

それにしても眠い。眠すぎる。生理前だから、なおさらかもしれない。黄体ホルモンへの憤《ふん》懣《まん》を募らせながら顔を上げると、亀田と目が合った。

「亀田さんは、仕事中に眠くなった時はどうしてるんですか」

「ああ。そうやね……外の冷たい空気でも吸うて、ストレッチでもするかな」

「やってみます」

精神論でごまかさずに具体的な方法を示してくれる人は好きだ。そう思いながら中庭に出て、深呼吸をした。前の会社で同じことを言ったら「やる気がないから眠くなるんだ」「緊張感を持て」「真面目に仕事をする気があったら眠くなったりしない」と叱られた。両腕を高く上げたり屈伸をしたりしてみたが、どうもストレッチ程度では太刀打ちできぬ相手らしい。茉子の中心にはまだ眠気が居座っている。

「小松さん」

背後から名を呼ばれて、振り返った。千葉が立っていて、ああそういえば今日だったな、と思い出す。

今月から『こまどり庵』の販売スタッフに工場で数日間の研修を受けてもらうことになった。千葉が「商品について詳しく知れたら、接客にも役立つ」と提案し、伸吾がそれを実現させた。今日から三日、千葉は工場に通う。満智花は来週の予定だったはずだ。

「おつかれさまです」

せかせかと工場に入っていく千葉の背中に「あの」と声をかけると立ち止まる。ちょうど百八十度、はかったようにきっちりと身体ごと振り返った。

「満智花……須賀さんは、元気ですか」

千葉は「げんき」と抑揚を欠いた声で繰り返して、考えこんだ。

「わたしの目には元気に見えますが、実際に元気なのかどうかは本人に確認するのがよろしいかと」

茉子が黙っていると、千葉は「悪く思わないでください」と続けた。

「本人のいないところでその人の話をすべきではない、と思うんです。たとえ陰口ではなくても」

「それは……たしかにそうかもしれません」

もしかしたら、千葉もかつてなにか職場で揉めたり人間関係で悩んだりしたことがあったのかもしれない。誰もが知る有名な企業（「大企業」ではなく）に勤めていた頃に。こんどゆっくり話がしてみたい、と思う。千葉自身の話を聞いてみたかった。

千葉は一礼して去っていく。茉子はストレッチを再開した。工場に入っていったはずの千葉が、こちらに向かって歩いてくるのが見えた。

「どうかしました？」

「よかったらどうぞ」

バッグから白い小さな包みを取り出して、茉子に差し出した。

「なんですか？」

「栗きんとんです。わたしは旬のものを食べると気持ちが晴れるので。小松さんもそうだったら良いのですが」

『吉成製菓』の商品ではなかった。京都の、有名な会社の名が記されている。ありがとうございます、と頭を下げて受けとった。気を遣わせてしまったようだ。

「そのストレッチは、肩こり解消のためですか？」

千葉は真顔で茉子の動作を真似している。

「いえ、眠くて」

千葉は「わたしは毎朝ラジオ体操をします。眠気が覚めるので」と言い残し、小走りに工場へと戻っていった。

子どもの頃の記憶を頼りにラジオ体操の動きを再現していると「なに考えてんねん」という不機嫌そうな声が聞こえてきた。いや、なにって眠気を覚まそうと思って……。言い訳を考えながら振り返ると、工場から出てきた江島がスマートフォンで喋っているところだった。あんなに遠くにいるのに、すぐ隣にいるようにはっきりと聞こえる。江島はいつも一定の音量で喋る。もしかしたら音量調節機能が故障しており、「囁《ささや》く」「呟く」発声は不可能なのかもしれない。

どうせまた正置に電話をしているのに違いないと思ったが、しばらく聞いているうちに違うとわかった。財布を忘れた、ということをしきりに訴えている。玄関の下駄箱の上にあるはずだと。枕詞のように「せやから」と言う。せやから、持ってこいって言うてんねん。いやせやから、ないと困るねんて。は？　いそがしいてなんやねん。は？　なんのいそがしいことがあんの？

舌打ちしながら電話を切ったところを見ると、届けてもらえないようだ。はあ、と全身を揺するようなため息をつきながらこちらに向かって歩いてくる。不快そうに茉子を一瞥したがなにも言わなかったし、茉子のほうも黙っていた。

事務所に戻ると、江島が社長の伸吾を相手に愚痴をこぼしていた。ヨメが、ヨメが、と担任の先生に級友の悪事を言いつける小学生のように口をとがらせている。伸吾は「そうですか」

「そうなんですね」「そうですか？」と似たような返事を語尾だけ微妙に変えながら繰り返していた。介護の仕事をしていただけあって、さすがに辛抱強い。しかし茉子に気づくなり「でも、財布がなくても一日ぐらいだいじょうぶですよ、きっと」と会話を打ち切り、立ち上がった。

「小松さん、あれ用意してくれた？」

「はい。用意してます」

ありがとう、と伸吾が頷く。さっと背けた後頭部が、ぐっと握りこんだ拳《こぶし》が、「もうこれ以上は話しかけてくれるな」という強いメッセージを発している。本人には発するつもりはないのかもしれないが、発されてしまっている。

昨日伸吾と茉子は、有給休暇の発生日をめぐってもめた。もめたというよりは茉子が一方的に怒っていたというほうが正確かもしれない。

有給休暇とは「雇い入れの日から労働者の継続勤務が六か月を超え、かつ全労働日の八割以上出勤した」場合に、当然に付与される制度である。つまり四月に入社した茉子には、今月から年次有給休暇の権利が発生する。伸吾もそれは理解しているようだったが、昨日唐突に呼び出され「会長がな、きみは七月まで試用期間やから、八月から六か月カウントすればええんちゃうかって言うてんねん」などと言い出したのだった。

「は？　あの爺《じい》さんなにを言うてんの？　ちょっと耄碌《もうろく》したんちゃう？」

うっかり暴言を吐いてしまったが、幸いなことに事務所には伸吾と茉子の他には亀田しかいなかった。

「試用期間も計算に含めるんです。法律に、そう定められているんですから」

「わかってる、それはわかってるけど。うちにはうちのルールがある、って会長が言うねん」

「あのね、『うちのルール』が法律に勝てるわけないでしょう」

会長はそんな認識で今まで会社をやっていたのか。今まで誰もなにも言わなかったのだろうか。誰かが労基署に訴えれば調査も入るというのに。それとも自分のところの社員がそんなことをするはずない、とたかをくくっていたのだろうか。

「法律、法律って言わんといてや。俺はただどうやったら会長を心情的に納得させられるかなっていう話をしてんのに」

知りませんよそんなこと、と茉子が突き放したせいか、あきらかに今日の伸吾は拗《す》ねている。その反応もまた、茉子を苛立たせる。社長の立場にある人がよりにもよって「拗ねる」てあんた、と言いたくもなる。

病気をしてからの会長は、と伸吾は言う。以前よりさらに意固地《いこじ》になったし、口やかましくなった、と。おそらくほんとうはまだ現役でいたかったという思いもあるのだろう。自分は父のその気持ちを尊重してやりたいのだ、とも言った。それらの話を聞いてもなお茉子の胸の内には「知りませんよそんなこと」がわだかまる。いやだって知らんし、そんなん。

伸吾くんにはもうちょっとしっかりしてもらわんと困るんやけどな、と胸の内でぼやきながら、給湯室の棚に置いた紙袋を引っぱり出した。今日訪問する『株式会社なごみカンパニー』の社長のためにわざわざ取り寄せた日本酒が入っている。

『株式会社なごみカンパニー』は市内の冠婚葬祭事業者だ。江島たちは先月からずっとこの会社と新規の契約を結ぼうと躍起になっている。甘いものが苦手でお酒が大好きな『なごみカンパニー』の社長は、伸吾が参加している「市内の経営者だけが加入できる」というコミュニティの一員らしい。茉子は常日頃からそういったふた言目には人脈とか成長とか言い出しそうなコミュニティをうさん臭く感じ、そんなところに出入りする伸吾を「また性に合わんことして」と心配してもいたのだが、こうして仕事につながることもあるのだ。

もし契約がとれれば、『なごみカンパニー』で扱う結婚披露宴の引き菓子や葬式でふるまう菓子等を『吉成製菓』が請け負うことになるのだ。あそこの契約とれたら大きいでぇ、と江島が勢いこむのも無理はない。

「あいつ、遅いな」

『なごみカンパニー』には伸吾、江島、正置で向かう予定になっている。江島が言う「あいつ」とは正置のことだ。ひとりで営業先に出て、まだ事務所に戻ってこない。電話をかけたが留守電だったらしく、江島は「十八時の約束に間に合うように会社に戻れ、わかったな」と高圧的な伝言を残している。

定時になると、茉子と亀田は同時に立ち上がる。茉子のスマートフォンには母からの「余裕あったらでいいけどなんかお菓子買ってきてくれるとうれしいです。だんご以外で」というメッセージが入っていた。

「だんご以外かあ」

わざわざ「以外で」と指定するのは、おそらくだんごを食べる楽しみは十三夜にもとっておきたい、ということなのだろう。前に月見だんごのチラシを『こまどり庵』に届けた時「へえ、もうすぐお月見か」と思ったし、その時ネットで調べてお月見には十五夜と十三夜があり、前者は芋名月、後者は栗名月などとも呼ばれるということを学んだのだが、有給休暇問題に気をとられてきれいさっぱり忘れていた。

見上げる空には雲が多くて、十三夜は晴れたらいいなあと思う。

「お月見のおだんごって、関東と関西でかたちが違うねん」

自転車で走りながら、亀田が言う。

「あ、そうらしいですね」

茉子が食べ慣れている月見だんごは細長い雫型に成形した餅にこし餡を巻きつけたものだが、カレンダーなどに描かれている月見だんごはピラミッド状につみあげられた白く丸い卓球の球みたいなもので、長年「なんでやろ……」と思っていたのだった。

「桜餅とかも、違うって言いますね。関東と関西では」

茉子が知っている桜餅はもち米の粒の残る餅に餡を包み、塩漬けの桜の葉で包んだものだ。浸水させ、蒸したもち米を乾燥させ粗めに挽《ひ》いてつくった道明寺粉《どうみょうじこ》と呼ばれる粉を使うのだということは『吉成製菓』に入ってから学んだ。関東の桜餅は道明寺粉ではなく、水で溶いた小麦粉を薄く焼いた皮で餡を包むのだという知識も、その時に得た。

「そうそう。あと、どこか忘れたけど、名古屋やったかな、バーバパパみたいな月見だんごがあるのよ、ピンクの。知ってる？」

へえ？　と語尾を上げ気味に答えたものの、うまくイメージできずに戸惑う。

「いや、知りません」

「おいしそうやから、いっぺん食べてみたいんやけどな」

それはたしかに気になるなあ、と思っていると、亀田がくるりと振り返った。

「バーバパパ知ってる？　バーバパパ、ピンクの」

「バーバパパは知ってますよ。バーバパパみたいな月見だんごのことは知りません」

「バーバパパ、たまに知らん人おるから。一応バーバパパ知ってるかどうか確認しとこうと思って」

「バーバパパはかなり有名やと思ってましたけど、そうですよね、よう考えたらバーバパパ知らん人だって、当然いますよね」

わたしらいったい何回バーバパパ言うねんと思いながら交差点にさしかかり、「おつかれさまでした」と手を振り合った時、道路の反対側の正置に気づいた。肩を落とし、足を引きずるようにして歩いている。

「正置さーん」

大きな声で呼んでみたが、気づかない。下を向いたまま、のろのろと歩いていく。


「まずいことになった」

その電話がかかってきたのは翌朝のことだった。土曜は朝寝をすると決めている。最初は無視したが、またすぐにかかってきた。

「ていうか、誰？」

表示された番号を見ずに出た。布団の中で丸まったまま、茉子は不機嫌な声を出す。よほどおかしな寝相だったのか、異様に左腕が痛む。

「伸吾です。吉成伸吾」

「ああ……どうしたん？」

「今から会社に出てこられへんかな？　話したいことがあんねんけど」

「え、なに。有休のこと？」

「違う、もっと困ったこと。会社が嫌なら近くまで行くから」

居間に入ると、母がソファーでテレビを観ていた。父は朝食の目玉焼きに胡椒《こしょう》をこれでもかこれでもかと振りかけている。胡椒、タバスコ、七味唐辛子。父はあらゆる料理にたいていのものをかけすぎるし、そのことを母に叱られる。スピーカー機能にしたスマートフォンを台所のカウンターに置き、冷蔵庫から牛乳を取り出した。

「仕事の話ですよね。月曜日じゃだめなんですか」

「いや、正置のことやねん」

「正置さんがどうしたんですか」

「伸吾くん、うちに来たら？」

ぎょっとして振り向くと、いつのまにか母が茉子のスマートフォンに喋りかけていた。

「あ、環《たまき》さんですか」

伸吾の声がわずかに弾んだ。

「朝ごはん食べたん？　まだ？　そしたらおいで。おいしいパンあんねん。高級食パン専門店が近くにあるから。そうそう、何年か前に謎に急増して謎のままつぎつぎに消えていったあの高級食パン店の残党やで。でもそのお店のはほんまにおいしいから、おいでよ」

「でも、茉子ちゃんが」

「あー、気にしない気にしない。この子寝起きは機嫌悪いから。ね、おいで。うん。はい。はい。うん。はーい」

茉子を無視して勝手に通話を終了してしまった。うんざりしながら「やめてよ」と母の肩を押した。

「なんで？　かわいそうやんか、あんな迷子みたいな声出してる子、邪険にして。それにここで親身になってあげたら、茉子の給料上げてくれるかもしれへんしな」

「そんな給料の上がりかた、うれしくない」

顔を洗って着替えはしたが、化粧までするのはなんとなく癪《しゃく》だ。むっつりと黙りこんで温めた牛乳を飲む茉子を母が「下で待っといてあげたら？」と追い立ててくる。ついでに新聞もとってきて、と頼まれて、背中を丸めて一階に降りていく。

マンションの玄関脇の郵便受けにはダイヤル式の鍵がついている。右回りに2、左回りに3、もう一度左回りに5に合わせて、ようやく開く。235でフミコと覚えろと父が茉子に言ったため、郵便物を受け取る際にはいつもフ、ミ、コ、と唱える。林芙美子《はやしふみこ》のことを考える時もある。新聞とともにマンション売却のお願いのチラシやダイレクトメールといったかわりばえのしない中身を引っぱり出していると、背後に人の気配を感じた。気配は「茉子ちゃん」とためらいがちに声を発し、茉子は軽い驚きとともに振り返った。

「満智花」

これほど近い距離で顔を合わせるのは夏以来だ。『こまどり庵』には何度か行ったが、いつも忙しそうにしていたし、届けたチラシを受け取ったり必要な書類を茉子に渡したりするのはたいてい中尾か千葉だったから、なんとなく避けられているように感じていた。

満智花はスウェットの上下のようなものを着ている。ウォーキングはじめたの、とのことだった。なんでまた、と問うと、体力づくり、という答えが返ってくる。

「忙しそうやね、『こまどり庵』」

満智花はすこし考えてから、うん、と大きく頷く。

「でも、ちょっとは慣れたつもり。楽しいよ、職人さんたちがお菓子のこといろいろ教えてくれるから」

満智花は以前とすこし変わったように感じられる。雰囲気というか、物腰というか。視線が定まったのだ、としばらく観察して気づく。いつも不安そうに瞳を揺らしていたのに、今はまっすぐに茉子を見つめている。

「あのさ」

茉子がためらいがちに口を開くと、なに？　と言うように頭を傾けた。

「あのさ。ほんとに、ごめん。このあいだ」

そうやってずっとわかるわかるって言い合ってたらいい。失礼な言葉をぶつけてしまったことを、ずっと謝りたかった。

満智花は黙っていた。あー、と呟きながら上方に視線を送り、正直そこまで気にしてなかったかも、と小さな声で言う。

「それを言うなら、わたしのほうこそ茉子ちゃんに失礼なこと言ったと思うし」

いやそんな、ぜんぜん、でも、いやいや、としばらく言い合って、どちらからともなく笑い出してしまう。

「お互い、もやもやしとったんやな」

「うん。でも良かった。今言えたし」

「うん。ありがとう」

蒸し返したかっこうになってしまったとしても、言えないままでいるよりずっと良かった。ちょっと時間はかかったが。

あの日頼りなく伏せたまつ毛を震わせていた満智花は今、仕事を楽しいと言う。ちょっとは慣れた、と微笑む。他人は茉子の知り得ないその人自身の時間を真剣に生きていて、そのあいだにさまざまなことを吸収したり乗り越えたりして、前進し続けているのだ。

満智花は自分の家の郵便受けのダイヤル錠をまわす。でも茉子ちゃんって意外と、と言いかけて、ふっと押し黙る。

「どうしたん？」

「いや、なんでもない」

満智花が郵便物の上に載っていたメモ用紙のようなものを手の中で握りつぶすのが見えた。なにか手書きの文字が書かれているのはわかったが、書いてある内容まではわからない。エレベーターに足を踏み入れた満智花が「乗らんの？」と茉子を振り返る。

「あ、うん。ちょっと人待ってるから」

伸吾が来るのだと、なぜか言えなかった。

「そっか。じゃ、またね」

「うん」

ねえ、と声をかけたが、言葉が続かない。「また前みたいに家、遊びに来てよ」と、思っていたのと違うことを口にした。さっきのあのメモのことが気になるが、満智花がなんでもないと言うのならそれ以上は訊けない。

「うん、ありがとう」

エレベーターの扉が閉まる。入れ違いのように、伸吾が姿を現した。

昨日と同じスーツ姿の伸吾は、茉子に「ごめんね」と両手を合わせる。茉子は話を聞く前に朝食を食べさせてくれと訴え、戻ってきたエレベーターに伸吾を押しこむようにして乗りこんだ。


母が「待ってました」とばかりにトーストと目玉焼きにベーコンとブロッコリーを添えた皿とおはぎがのった小皿とコーヒーをのせたトレイを茉子と伸吾の前に置く。

「あ、すみません。ありがとうございます」

「ええのよ。ゆっくりしてってね」

母のもてなし好きは自分には遺伝しなかったな、と思いながら、そのやりとりを眺めた。

「正置さんが、どうしたんですか？」

伸吾がふっと眉をひそめたのに気づいて、両親はそろって寝室に入っていく。まもなく激しい銃撃音が漏れ聞こえはじめ、ああ映画の続きを向こうで観るのか、と思った。どこででも観られるようにと、小松家には居間、寝室、台所など、家の中のありとあらゆる場所にテレビやタブレットが用意されている。ふと見ると、伸吾の目がおはぎに釘付けになっていた。

「これ、なに?」

「おはぎです。それ以外のなんに見えるんです」

俵形の小ぶりなおはぎだ。『こまどり庵』ではなく、家の近くの小さな和菓子屋で母が買い求めてきたものだ。伸吾の皿にはきなこの、茉子の皿には青のりのおはぎがのせられている。

「きみの家、毎朝おはぎ食べてんの」

そういうわけではないですけど、と言いながらマグカップに口をつける。コーヒーが思ったより熱くて涙目になりながら「ヨーグルトとか果物が添えられてる時もありますよ。今日はたまたま、おはぎだったってだけで」と説明した。

ふうん、となおも疑わしげなまなざしを小皿に注いでいる伸吾を見ながら、急ぎの用事があるのではなかったのか、と思う。いったいいつまでおはぎの話を続けるつもりなのか。

「で、正置さんがどうしたのか、そろそろ教えてください」

ああ、と伸吾が頷く。

「骨折ったんや。左腕。階段から落ちて」

「え、いつですか?」

「昨日の夜」

フォークで割った目玉焼きからとろりと流れ出す黄身を眺めながら伸吾が語ったところによると、『なごみカンパニー』を出たあと、江島が「うちで飲もうや」と言い出した。契約をとるための作戦会議をしよう、と。

そういえば財布を忘れたとか言っていた。だから家なのか、自分が落ちつくから家なのか、そのあたりのことは茉子にはわからない。

正置はしかし「俺は帰ります」と答え、そのあと地下鉄の駅に続く階段から落ちた、と伸吾が真面目な顔で説明している。

「正置さん、帰りたい発言のあとに突然階段から落ちたんですか？　なんか話飛んでませんん？」

いやいや、まあ、と言葉を濁す伸吾はおそらくなにか重要なことを隠している。

「……もしかして社長が突き落としたんですか？」

「は？　まさか！」

咄嗟《とっさ》に江島さんが、と言いかけて、口を噤む。

「あ、江島さんが突き落としたんですか？」

「違う！　ちょっと背中をこう、ばんって叩いただけ。そしたら正置がふらついて」

「そんなことあります？」

「現にそうやったっていう話をしてるんや」

すぐに救急車を呼び、病院へは伸吾がつきそった。検査の結果、左腕を骨折したことがわかった。背中を叩かれて、ふらついて。ここ最近、正置は顔色があまりよくなかった。疲れているのかな、と思っていた。昨日見かけた時も背中を丸めてとぼとぼ歩いていたし。

「伸吾くんは、ほんまに江島さんの正置さんへの態度、パワハラやとは思ってないの？」

言うべきかどうか迷って、おずおずと口にした。

小松さんには言えなかった、と語る満智花の声を思い出した。わかるよ、と答えた伸吾の声も。満智花は忘れていたが、茉子ははっきり覚えている。

先週チラシを届けに行ったら、ちょうど中尾が千葉にのし紙の書きかたについて説明しているところだった。中尾の説明は相変わらず言葉足らずだったが、千葉は真剣な顔でメモをとっていた。

事務所に戻って亀田にその話をすると、「中尾さんは物事を順序だてて喋るのが苦手みたい」と言われた。そういう人もいるのだ。人それぞれ、得意なことと苦手なことがある。頭では理解しているつもりだったが、中尾にその事実を当てはめてみたことがなかった。

わたしは物事の一面しか見ていないのかもしれない。そしてその「一面」を、異様に歪《ゆが》んだ見かたをしているのかもしれない。それが近頃の茉子の悩みだった。

江島と正置のことだってみんなの見解のほうが正しいのかもしれないと思うと、だんだん自信がなくなってくる。それでもやっぱり江島たちの関係について、ひとこと言わずにはいられなかった。

「パワハラ？」

わずかに身を捩りながら伸吾が発した声は、茉子の耳にはひどく上擦って聞こえた。つまり、とんでもなく焦っているように。

伸吾はなにかをごまかすように一心にトーストを口に押しこみはじめる。

「いつも怒鳴ったり、小突いたりしてませんか？」

伸吾は答えない。しばらく待ったが、そのままだんまりを決めこむつもりのようだ。

「なんにせよ、今回の事故は労災です」

伸吾が両手で顔を覆う。指が長くて顔が小さい、そのせいで顎の先から前髪の生え際まですっかり隠れてしまった。

「そうやな。労災や」

「手続きしないと」

「うん。頼むわ」

「わざわざ、その話をしにきたんですか」

正置のケガはたしかに一大事だが、労災の手続きの話なら電話でもできたはずだ。

「……もし階段から落ちたのが、さ」

伸吾の声が震えている。

「その、江島さんのせい、ってことになったら、あの人、まずいことになる？」

「まずい、とは」

「立場が悪くならへん？　へんな噂が立ったりとかして。今そういうのうるさいし」

それはかわいそうやんか、と言いながら、顔を覆った手の指をずらして茉子を見る。ホラー映画に怯《おび》える子どもみたいに人の顔を見るなと言いたかった。

「ケガをさせられたうえその事実を隠蔽《いんぺい》される正置さんはどうですか？　『かわいそう』じゃないんですか？」

伸吾はまたなにも答えず、肩を落として帰っていった。入れ違いに戻ってきた両親が、なんの話だったのかと茉子に問う。

「なんでもない」

むっつりと答えると、父と母は心配そうに顔を見合わせた。


月曜日の朝は「とにかく正置から話を聞く」という決意を固めて出社したのだが、事務所につくなり伸吾が「茉子ちゃん、いや、小松さん……！」と縋《すが》りついてきた。

「正置が、今日会社休むって。どうしよう」

「いや、左腕、骨折してるんですよね。一日ぐらい休ませてあげたらいいじゃないですか」

おろおろしている伸吾の脇をすり抜けるようにしてロッカーに向かう。心配なのは正置さん？　それとも江島さんの立場？　ここで問うのは、さすがに意地悪が過ぎるだろうか。

しかし翌日の火曜も、正置は会社を休んだ。その翌日もまた。木曜までそれが続いた。このまま辞めるつもりでは、と伸吾はおろおろしている。

「困ったやつや」

江島は不機嫌そうに呟き、事務所を飛び出していった。江島にとっては正置より『なごみカンパニー』の契約がとれるかどうかのほうが重要なのだろうか。

「ひどくないですか？　江島さんのせいでケガしたかもしれんのに」

昼休みに茉子が憤慨していると、亀田が「はっきりわからんうちは、めったなこと言うもんやないで」と釘をさしてきた。

「江島さんはほんまに軽く、正置さんの背中に触っただけやったんかもしれん」

「だとしても、だとしても、もうちょっとなんとかならないのかなって」

仲吾が言うように、正置はこのまま会社を辞めようとしているのだろうか。

事務所のドアが開いて、商品開発の太田が顔を覗かせた。

「コピー機使いにきました」

「はいどうぞ」

亀田が答え、太田は軽く頷いてから茉子の机の上のおにぎりを見た。

「あら、おいしそう」

「おいしいですよ」

「昔話のおにぎりみたいにでっかいね」

茉子にはいまいちピンとこない表現だったが、おそらく常軌《じょうき》を逸《いっ》した大きさということだろう。

「この中にぜんぶおかずが入ってます。鶏の唐揚げときんぴらごぼうとたまごやき」

太田は「弁当箱洗う手間が省けるね」と頷いた。頭の回転が速い。

「正置くん、ずっと休んでるってほんとですか？」

コピー機の前に立った太田が亀田に訊ねる。太田の爪はいつも短く切りそろえられ、ていねいに磨かれている。

亀田はほうれんそうのごま和えのようなものを挟んだ箸の動きをぴたりと止めて「うん、そう」と短く答えた。

「太田さんは、正置さんとはけっこう仲良かったな」

亀田の言葉に、太田は「工場におった頃は」と目を細める。

「正置くん、最初、工場の製造ラインにおったから」

工場での正置は優秀だった。言われたことをきっちりとこなし、礼儀正しさと人懐っこさの両方があり、年配のパートさんたちにも好かれていた。

「江島さんも、そういうところが気に入ったんやと思うわ」

緩慢なペースで紙を吐き出すコピー機の前で、太田は腕組みしている。工場勤務ちょうど五年めで、正置は営業に異動した。江島の後押しがあったからだという。

「あ、思い出した。正置くんってひとり暮らししてるんやけど、今も実家に仕送りしてるって言うてたで。えらくない？　五人きょうだいの長男やから、とか言うてた。めずらしいよね、今時。あんな子。えらいよなあ」

えらい、えらい、を連呼しながらコピーを終え、太田は事務所を出ていった。

「生活がかかってるからね」

弁当箱の蓋を閉めながら、亀田が呟く。

「正置さんはそう簡単には会社を辞めへんと思うわ。社長が思ってるより、雇われ人の生活は切実や」

「切実だからこそ、真実をはっきりさせたほうがよくないですか」

「いや、それは違うと思う。それで江島さんに恨まれたら今後の仕事に影響が出るもん。気まずくなる。それなら自分が我慢するほうがいい。なかったことにしてしまったほうがいい。正置さんがそう考えたとしても、ふしぎではない」

「じゃあ、どうして正置さんは会社を休み続けているんでしょうか」

亀田はしかし、これ以上はこの会話を続ける気はないようだ。無言のままマグカップを摑んで立ち上がる。


昼休みを終え「行ってきます」と鞄を持ち上げると、亀田は静かに目を上げて無言で頷いた。伸吾がドアを押さえたまま、茉子を待っている。とにかく本人と話をしましょう、と茉子が伸吾を説得して、正置のアパートを訪ねることになった。

「社長は、なんでそんなに江島さんを庇うんですか」

歩きながら問うと、伸吾は茉子のほうを見ずに「有能な人やから」と答える。主要な取引先のほとんどは江島が契約をとってきたものだし、会長のお気に入りでもあるし、会社に必要な人間だ、と。

「俺よりもずっと」

「正置さんよりも、必要ですか？」

言ってから、軽い自己嫌悪に襲われた。伸吾の真意をたしかめるための質問とはいえ、嫌な言葉を口にしてしまった。

「昨日も言いましたけどね、あれがパワハラだということは、社長もわかってるんですよね？」

伸吾はしばらく黙っていたが、やがて「一応、江島さんには注意してるよ、俺も」と消え入りそうな声がマスクの下から漏れた。

「そういうきつい言いかたはやめましょうとか、今どきはそういうのはアウトなんですよとか、ちゃんとその場で伝えてるよ。でもあんまりちゃんと聞いてくれへんし」

認めた。ついに認めよった、認めよったで！　叫びそうになったが、ギリギリのところで耐えた。

「最近、とくに江島さん余裕なさそうやったし」

「家庭の事情」という言葉を、伸吾は使った。江島さんもいろいろあるみたいで、と。

「あんまり追いつめたくないねん」

「じゃあ正置さんはいいんですか？　追いつめても」

伸吾はそのまま黙りこんでしまう。茉子は「今のこのやりとりも、伸吾くんの中では茉子から追いつめられてる（かわいそうな？）俺」っていう構図になってんのやろな、とはがゆく横顔を見つめることしかできない。

正置のアパートは会社から歩いて十分程度の場所にある。住所を見た時「ああ、あれか！」とすぐにわかった。アパート名が「桜田《さくらだ》ファミリア」なので、有名なのだ。茉子たちが通っていた高校でもたまに冗談のネタにされていた。

ここ通るたび「名所やん」とか言うてたなあ、と桜田ファミリアを前にしばし佇《たたず》んだ。あらためて考えるとたいしておもしろい冗談でもないのに、あの頃は涙が出るほど笑い転げていた。たかだか十年ほど前の話なのに、「あの頃」は古代の風景のように遠く霞んでいる。

もとは明るい空の色だったらしい外壁は雨風にさらされて、今では完全に陰鬱《いんうつ》な曇天だ。築四十年といったところだろうか。

折れていないほうの腕でドアを押さえた正置は、伸吾に向かって軽く頭を下げる。ギプスと包帯が痛々しい。目を伏せて「どうぞ、狭苦しいとこですけど」と中に入るよう、茉子たちを促した。

玄関の右手に二畳ほどの台所があり、そこに六畳の部屋がくっついていた。床に脱ぎ捨てられた服。あふれ出る寸前のゴミ箱。住人の心がなにかにとらわれている時、部屋は乱れるものだ。

壁に立てかけて置かれたコルクボードに夥《おびただ》しい量の写真が貼られていた。

「ご家族ですか?」

古びた長屋の前で撮影された写真を指さす。両親らしき人と子どもが五人。いちばん背の高いのが正置で、学生服を着ていた。

「そう。なんと二間で七人暮らし」

ばあちゃんが生きてた頃は八人、と続けて、ふっと息を漏らす。友人らしき人びととの写真の中に、女性とふたりだけで写っているものが一枚だけある。寄り添って微笑んでいるから、おそらく恋人の写真なのだろう。茉子の視線を辿《たど》った正置が「ああ、それ」と呟いた。

「もう外さなあかんな」

そう言うからには「元」恋人なのかもしれない。伸吾はシングルベッドとローテーブルのあいだにいかにも居心地悪そうに正座している。正置は部屋の奥に座り、腰を下ろす場所のない茉子は台所に立ったまま、それを見ていた。

「正置くん、えっと……どう?」

慎重になり過ぎた結果か、とてつもなく抽象的な問いを伸吾が発した。

「はい。だいぶいいです。長々と休んですみません」

「じゃあ、来週からは出てこられそう？」

正置はなにも言わない。顔を下に向けて、自分のギプスを見つめている。丸まった背中に声をかけた。

「正置さん。江島さんに突き落とされたんですか？」

伸吾がぎょっとした顔で茉子を見上げる。ゆっくりと振り返った正置の顔は、うっすらと青白かった。

「違うよ。なに言うてんの。普通に、ばしっと叩かれただけ。俺ちょっとあの日、体調悪かってさ、朝からずっとフラフラしとってん。ちょっと寝不足気味やったから。江島さんのせいちゃう」

「朝からフラフラしてたのに出勤して、打ち合わせにも行ったんですか。帰って休んだほうがいいと思わなかったんですか？」

「いや、大事な契約やったし」

「社長と江島さんに任せてもよかったですよね？」

「休むと……」

そう言いかけて、正置が茉子から視線をそらした。

「休むと、なんですか？　正置さん、教えてください。休むとなんなんですか」

伸吾は黙って茉子たちのやりとりを見守っている。

「休むと、怒られると思って」

「やっぱりそうなんですね。正置さんは、江島さんを怖がってる。だから体調が悪くても言えなかったし、休めなかったんですね」

「は？　べつに怖がってないけど」

なにそれ、はあ、なにそれ、と繰り返す正置はあきらかにうろたえているが、その理由は茉子にはわからない。わからないが、まだ言いたいことが残っている。

「わたしには、江島さんのやってることはパワハラに見えるんですけど」

「パワハラちゃうって。そういうことではないんやって、江島さんが怒るのは、俺の仕事がちゃんとできてないからやし。俺じっさいそのせいで迷惑かけてるし」

仮に正置がほんとうに江島に迷惑をかけているとしても、江島がすべきことは感情のままに怒鳴り散らして正置を萎縮させることではない。どうしたらうまくいくか一緒に考えてやり、指導することではないのだろうか。茉子の返答を待たずに、正置は伸吾に向き直って深く頭を下げる。

「迷惑かけてすみません。来週からちゃんと出社しますんで。何日か休ませてもらって、体調もマシになりました」

「正置さん」

茉子が呼んでも、正置は答えなかった。目の前でドアを閉ざされたような気分だった。アパートの他の住人が外廊下を行き来する足音が聞こえるほど静まり返った室内で、伸吾が気遣うように茉子を見やったが、今は視線を合わせたくなかった。

事務所に戻り、もやもやしたものを抱えたまま仕事を終え、自転車を走らせる。見覚えのある白いワゴン車が茉子を追い抜いていき、すこし先で停まった。

「小松さん！」

亀田の息子の善哉だった。運転席から身を乗り出して、大きく手を振っている。

善哉は転げ出るように車を降りてきて「今帰り？」と言ってから、あわてたように顎にずらしていたマスクを引き上げた。

「ひさしぶり！」

「うん、ひさしぶり！」

善哉の勢いにつられて、茉子も自然と大きな声になる。薄手のコートでも肌寒く感じる気温の中、善哉の上半身は半袖のTシャツ一枚だった。

「お茶でも、と言いたいところやけど、この格好やしな。また今度……」

見ると、ズボンのあちこちが白く汚れている。たしか内装の仕事をしていると言っていた。

「あ、ちょっと先に公園あるからそこでどう？」

すこし寒いが、外ならかまわないだろう。

「じゃあ、これどっかに停めてから行くし、待ってて」

車に乗りこんだ善哉を見送ってから、茉子は公園に向かう。ベンチに座って待っていると、善哉はコンビニのレジ袋を提げて戻ってきた。

「カフェオレと緑茶とミルクティー買った。どれがいい？」

「ありがとう。緑茶にする」

「あ、ええなあ」

善哉がきゅっと目を細める。

「なにが？」

「そうやってスッて選ぶとこ。俺な、相手に『どれでもいいよ』とか『そっちが先に選んで』とか言われると困ってしまうねん」

満智花の顔が浮かび、続いて伸吾の顔が浮かんだ。

「小松さん、仕事どう？」

どう、と呟いて、しばらく考えこんでしまう。もしわたしが正置さんだったら、と今日まで、何度も想像した。わたしだったらこんな時こうしてほしいから正置さんもこうしてほしいはずだ、という思いこみで行動するのは避けたいが、正置が自分に「こうしてほしい」と包み隠さず本音を話してくれるとは、茉子にはどうしても思えなかった。

「なんか、悩んでる？」

心配そうな善哉に正置の一件を説明すると、善哉は眉を八の字にして「ああー」と何度も頷く。

「俺なー、労災やったことあるで」

前の会社で、仕事中に数針縫うケガをした。けれども会社はそれを隠そうとしたという。

「元請けに迷惑かけたらあかんとか言われてさ。なんや、労災が多いと評価が下がるんやろ？公共事業の入札に不利になるとか、いろいろ言われたなー。そしたらうちにも仕事が来んようになるとかいう話。俺のケガの心配なんか、いっさいしてくれんかった」

善哉はカフェオレの缶を開けて飲みはじめた。喉が大きく上下する。空はすでに藍色がかっており、風はいっそう冷たさを増してきた。コートの襟をかき合わせながら、茉子は善哉の話に相槌を打つ。

「いつも『会社は家族や。社長は父親で、社員は子どもや』とか言うてたけど、なんでもかんでも隠そうとして、タイムカードも勝手に弄《いじ》られて、ひどい会社やったわ」

「結局、どうなったん？」

「しつっこく言うて、労災認めてもらった。途中だいぶめんどくさくて、もうええかなって思いかけたけど」

「けど、粘ったんや」

「だっておかしいやんか。たしかに俺の不注意でケガしたかもしれんけど、ただでさえケガしてしんどい時に不注意とかなんとか責められてさ。家族なら子どもが困ってる時にこそ庇ってくれんとおかしくない？」

緑茶を持つ手を宙に浮かせたまま、茉子は善哉の言葉を反芻《はんすう》する。

「おかしいよね」

伸吾は正置のことも助けたいし、江島のことも庇いたい。そう思っているのかもしれない。でもそれはたぶん無理だ。「わたしな」と言いかけて、喉がきゅっと狭まった。小さく咳払《せきばら》いしてから「前の会社で見て見ぬふりしてん」と呟いた。

「見て見ぬふり？」

善哉が飲み終えた缶をかたわらのゴミ箱に捨てる。

「隣の席におった子のこと。後悔してる。身体壊して辞めてしまった。後輩やったのに、なんにもフォローしてやらんかった。違うな、自分ではしてるつもりで、でもできてなかった」

善哉がこちらに背を向けているあいだに、いそいで喋り終えてしまおうと思った。おかげでずいぶんと要領を得ない、早口の告白になってしまった。善哉がゆっくりと振り返る。

「そうやったんや」

そうやったんやなあ、と繰り返して、善哉がまた隣に座る。さっきより位置が近かった。

「なんて名前の子？　年、近かった？」

虎谷さんって名前、年はわたしの二歳下、と答えると、今度は「大阪の子？」とまた質問する。もしかして話を引き出そうとしてくれているのかなと思いながら、茉子は問われるまま答える。虎谷はたしか、四国の出身だと話していた。

てきぱきしていて、常に歯切れよく「はい」と返事をする感じのいい子。それが虎谷の第一印象だったが、上司はそう思わなかったらしい。わかってないのに「はい」って返事してる、と気に入らない様子だった。虎谷がささいなミスをするたび「ほら、だから言ったのに！」と声を荒らげた。経理部に配属されてからちょうど一年後に虎谷が会社を辞めたところまで話し終えた時、善哉は「そうやったんやなあ」とまた同じことを言って、大きく頷いた。

「もう同じ失敗は繰り返したくない、って思ってて、ずっと。でもそれって、わたしの自己満足なんかなあ、結局」

「どうやろ」

善哉は答えあぐねている様子だった。

「とりあえずさっきの、話してみたら？　その階段から落ちた人に。小松さんの気持ちは伝わるかもしれんで」

善哉はポケットからのど飴を取りだして、茉子の隣に置いた。

「あげる。甘いの食べて元気出そ」

「ありがとう」

善哉から甘いものをもらうのは二度目だと思った。袋を破って、口に入れる。甘さに頬がゆるんだ。凪は相変わらず冷たいが、今はすこしも寒さを感じない。

「一日考えたんですが、わたしは正置さんを仕事のできない人だと思ったことは、一度もありません」

茉子の言葉に、正置が驚いたように顔を上げる。隣にいた伸吾も同様に。善哉と話してからひと晩考えて、翌朝「もう一回、正置さんのところに行きましょう」と伸吾を説得して、今日もまたここにやってきた。

ドアを閉められたのなら、開けてくれるまで通おうと思った。

正置は「なんでまた来たん」と驚きながらも、いちおう部屋に上げてくれた。ローテーブルをどかして、茉子の座る場所をつくってくれもした。

江島を「できる人」と言う正置は、重大な勘違いをしている。そのことを、どうしても伝えておきたい。

「江島さんができるのは、あくまで『江島さんの仕事のやりかた』であって、たぶんそれが正置さんには合わないだけなんです」

大豆は身体に良い。でも大豆アレルギーの人もいる。誰にとっても正しいものはない。江島さんが正置さんをダメだ、できないと判断したとしても、正置や茉子がそれを鵜呑《うの》みにする必要はない。

「それは違う」

正置ではなく、伸吾が反応した。目の縁が赤い。

「職場ではできる人が、力のある人が、ルールになる」

なんでそんなこと言うの、と言いそうになった。なんでそんな泣きそうな顔で、そんなこと言うの。なんでそうやって自分に合ってない場所で、合ってないやりかたでがんばろうとすんの。正置さんも伸吾くんもおかしい。

「そんなん、間違ってます」

「世間では間違ってても、そこでは絶対的に正しいっていうことあるやん」

「あるけど！」

つい大きな声が出た。

「それをどうにかするのが社長の役目ちゃうの！」

「あの」

正置がおろおろと片手を上げ、茉子と伸吾は同時にそちらに顔を向ける。

「人の家で喧嘩しないでほしいです」

「あ、すみません……」

気まずい沈黙が部屋を支配する。

「正置さん、わたしね。前の会社でいっぺん失敗してるんです」

どこまで話そうか迷ってから、善哉の「話してみたら」を思い出して、ふたたび口を開く。

上司による虎谷への叱責は、すこしずつひどくなっていった。声が大きくなり、口調がきつくなり、言葉の選びかたが雑になった。それはほんとうにグラデーション状の変化で、だから傍《はた》で聞いている人間も感覚が麻痺《まひ》していった。もちろんそれは言い訳に過ぎない。

茉子は「あんなきつい叱りかたせんでもええのに」とも「でもミスはミスやしな」とも思っていた。その結果、彼らのやりとりをただ見ているだけになった。割って入って庇うなどということはしなかった。

虎谷はある日仕事中に嘔吐《おうと》して病院に運ばれ、そのまま入院することになり、会社を辞めた。入院先の病院に見舞いに行った時のことまでは、さすがに正置たちには話せない。食事のトレイが手つかずで残っていて、やつれた虎谷がベッドの上で一点を見つめていた。

彼女は茉子に気づくなり「今更なんなんですか」「ずっと見て見ぬふりしとったくせに」と叫んで、ふたの開いたヨーグルトの容器を摑んで投げつけた。

当然だと思った。そうされて当然のことを、自分はした。

あれから何度も虎谷に連絡しようとしてはやめ、アクシデントが原因とはいえメッセージを送ったら無視され、そのことをぐずぐずと気に病んでいる自分はいったいなにがしたいのだろうと思う。許されたいのだろうか。許されて、楽になりたがっているだけなのだろうか。

「だからなに？」

正置が頰を引きつらせている。だからなに、と言われれば、「なにも」と答えるしかない。傍観者になりさがった過去も、「後悔したくない」という思いも、あくまで茉子の個人的なものであって正置には関係がないのだから。

かたわらでごそごそと音がした。見ると、伸吾が紙袋から化粧箱を取り出している。

「忘れるとこやった……あの、これ、食べへん？」

『こまどり庵』の、見慣れた抹茶色の包装紙が開かれる。いつのまに買ってきたのだろう。出てきたのは『はばたき』というお菓子だった。

「あ、懐かしい」

正置の目尻が柔らかく下がったのに気づいて、茉子は正置のドアを開けられるのは伸吾なのかもしれないと淡く期待する。

「お茶淹れますね」

立ち上がろうとする正置を制して、茉子が台所に立った。他人の家の台所には入らない主義なのだが、ケガをしている人にお茶を淹れさせるわけにはいかない。正置に「そこに入ってるやつ適当につかって」と指示された棚からマグカップを取り出し、緑茶のティーバッグを入れ、ポットのお湯を注いだ。

『はばたき』は直径三センチほどの大福だ。昔からある商品らしいが、茉子ははじめて口にする。

「ばあちゃんがよう買ってきてましたよ、これ。ばら売りのやつ」

正置は『はばたき』の包装フィルムを器用に片手で剝がしながら、ぽつぽつと話を続ける。

「他のきょうだいはグミとかスナック菓子とかのほうが好きやったけど、俺は和菓子が、っていうかあんこが好きでね。いつもばあちゃんとこれ食べてて」

「そうなんや」

　伸吾の目が、一瞬痛みをこらえるように揺れた。

「ばあちゃん、よう言うてました。この『はばたき』は大きさがちょうどええって。おいしいものはちょっとだけ食べるのがいちばんおいしいんやって」

『吉成製菓』に就職が決まった時にいちばん喜んでくれたのは祖母だった。小さい会社やで、と謙遜する正置に、祖母は「ばあちゃんはお菓子を食べるといつもしあわせな気分になるよ。小さい会社やからなんやの。立派な仕事や。誇りに思ったらええ」と力強く言い切った。

「はじめて工場に入った時、なんや感動して」

　ざらざらと乾いた音を立てる小豆が水分をぞんぶんに吸いこみ、巨大な鍋で煮られるうちにゆっくりとほとびてやわらかくふくらんでいく様子。高い位置からさらさらと投入される砂糖が照明を反射して、真新しい雪みたいに見えたこと。炊き上がった餡の湯気がまつ毛をしっとりと湿らせたこと。

　工場全体に漂う甘い香りを吸いこんだら、祖母と過ごした時間が蘇《よみがえ》った。畳のへりに粉をこぼさないようにと小言を言われたことを、『はばたき』を口に入れたあとの皺の寄った祖母の口もとを、なんでこんなところにあんこがつくの、と笑いながら鼻の頭をティッシュで拭いてくれる時の細められた目を思い出した。

「俺、工場の仕事、楽しかったんですよ」

でも今は、とそこで言葉が途切れた。茉子はふたつめの『はばたき』を取って、口に入れる。はじめて食べたが、とてもおいしい。お餅とつぶ餡の量のバランスがちょうどいい。お餅自体がほんのりと甘いのも、大きめの小豆の粒が残っているのも好ましい。つぶ餡派とこし餡派にわかれがちだが、茉子はどちらも好きだ。ついつい三つめに手が出る。

「今は楽しくないってことか」

伸吾の言葉に、正置があるかなきかのごとく頷く。伸吾はなにか言おうとしてやめ、大きく息を吐いてから、いきなり茉子に向かって「きみ、よう食えるな！　こんな話、してる時に！」と叫んだ。

「正置さんの話聞いてるうちに食べたくなったから」

「なんで？　さっきの話の、いったいどの部分で？」

「だって、そもそも社長が食べようって」

伸吾が呆れたように「はぁー」と首を傾げる。正置がふっと息を吐き、そのまま肩を揺らして笑い出した。

「あーあ。なんか、気ぃ抜けた」

目尻に溜まった涙を指で払って、正置は姿勢を正す。

「……俺、江島さんの期待に応えたい、ってずっと思ってました。江島さんは俺を買ってくれてる、がんばらな、って、ずっと。でも階段から落ちた時、江島さん最初に『俺なんもしてないよな？』って言うたんですよね。あーそうなんやーって。第一声が、保身の言葉なんやーって」

　耳の奥でなにかが壊れるような音がした。音は次第に大きくなった。そうして月曜の朝、会社に行かなければならないのに、どうしても身体が動かなかった。

「江島さんは、勝手に正置さんに期待したんです」

　みんな、勝手に他人に期待する。そのすべてをいちいち抱えていたら、いつかはその重さに耐えきれなくなる時が来る。他人の期待を自分の義務にしてはいけない。

　茉子の言葉に、正置が「ありがとう」と頷く。その声の静かさが、茉子をかなしくさせる。茉子の言葉が正置にすこしも響かなかったことの証明のような声だった。

「社長、すみません」

　会社辞めます。正置はきっと、そう言うにちがいない。身構えた茉子の耳に、意外な言葉が飛びこんできた。

「俺、工場に戻らせてもらうわけにはいかないでしょうか」

　ああ、と伸吾が声を漏らした。最初からそこにあったのに視界に入らなかったものの存在に気がついて驚いた、そんな声だった。

　ドアは開いた。茉子でも伸吾でもなく、正置自身が開けた。


　左腕のギプスが取れるのを待って、正置への辞令が出た。営業の社員募集の求人を出しているが、まだ面接の申しこみはない。

　正置が事務所から工場にうつる日の朝、江島はずっと腕組みして黙っていた。「お世話になりました」と頭を下げた正置はかすかに震えていたが、まっすぐに江島のほうを見ていた。

それから二週間が過ぎた。昼休みに中庭に出ると、正置がベンチでパンを食べていた。おつかれ、と笑顔を見せてくれたので、ほっとして隣に腰かける。

「なんかすっごい、長い夢を見てたみたいな感じするわ」

営業として働いていた数年間のことが、もうすでに遠いことのように感じられると。

「そうですか」

「あの時逃げ出して正解やったって、あとから自信もって言えたらええなって今は思ってる」

遠く感じられるということがいいことなのか悪いことなのか、茉子にはわからない。でも確実に夢ではない。正置はたしかにこの数年間、悩み、苦しみ、もがき続けたのだろうから。真《しん》摯《し》に現実と向き合った上でおこなった選択の結果は「逃げ」とは呼ばない。

「逃げてないです、正置さんは」

「うん。ありがとう」

その正置の声は、もう茉子をかなしい気持ちにはさせなかった。「あの」という声がして、ふたり同時に声のするほうを向く。数メートル先に見慣れぬ女性が立っていた。手元のメモに視線を落としながら「『こまどりのうた』というお菓子は、こちらで買えるのでしょうか」と細い声で問う。

茉子が答える前に正置が立ち上がり、女性に近づいた。

女性は六十代か、もうすこし上と思われた。ふたりはメモを覗きこみながら話をしている。正置がなにか言い、女性がスマートフォンを取り出して、操作した。正置が『こまどり庵』への道順を説明している声はこちらまで聞こえるのだが、女性の声は小さく、茉子には聞き取れない。女性がなにごとかを長く喋ったあと、正置がしみじみとした声で「ありがとうございます」と言い、頭を下げた。

やがて女性は、正置に何度も頭を下げて敷地から出ていった。

ベンチに戻ってきた正置が教えてくれた。女性はすこし前に母親を亡くしたのだという。お葬式で親戚か弔問客の誰かが持ってきてくれた『こまどりのうた』が無性においしく感じられた。包み紙に書かれた『吉成製菓』の住所をメモして、それを頼りに今日、わざわざ遠方からやってきたのだという。

あの女性はずっとひとりで母親の介護をしていて、何年もゆっくり座ってお菓子を味わうような余裕もなかったと、すこし涙ぐみながら笑顔で話してくれたのだそうだ。お葬式もなにもかも慌ただしくて、泣く暇もなかった。火葬を終えた後で『こまどりのうた』を食べて、その甘さに、ようやく泣けたのだという。

涙はしょっぱい、お菓子は甘い。

お菓子は人を救わない。『こまどりのうた』は茉子の涙をいっとき止めてくれはしたが、祖父を喪《うしな》ったかなしみをすっかり癒やしてくれたわけでは、もちろんなかった。さきほどの女性はお菓子を食べて、「ようやく泣けた」と言う。

そうですか、と茉子は頷く。そうですか、以外の言葉が、なにひとつ思い浮かばなかった。

「あの人、ちゃんと店にたどりつけるかなあ。連れて行ってあげたほうがよかったかも」

正置はしきりに通りのほうを見ている。道に迷ったりしないかと心配しているようだった。

いた。

「正置さんは、親切ですね」

茉子の言葉に、正置は「や、そうでもないけど」と照れたようにまばたきを繰り返す。

人と接する仕事自体は、向いていたのではないかという気がする。そう伝えると、正置は頷いた。

「良かったことも、いっぱいあったもん。工場におったら、うちのお菓子で喜んでくれる人の顔を直接見る機会なんかないしな。外まわっていろんな人と会えたことは、それは、すごい良かった。これから何度も思い出すと思うよ、これまで会った人たちの顔。あの人たちのためにつくってるんやって。食べてもらいたい、喜んでもらいたい。そういうふうに思いながら働けたらええなって、これからは」

正置と茉子のあいだを強い風が吹きぬける。落ち葉が舞い上がり、まっすぐに浮かび上がっては地面を叩く。きっと祝福のダンスをしているのだ。正置の選択と再出発への、かぎりない祝福。正置にそのことを伝えるために、風に舞う落ち葉を指さした。

第五章　冬の花

いちご、蜜柑《みかん》、林檎《りんご》にチョコミント。柚子《ゆず》にカフェモカ、ミルクティー。大福をくるむ透明のフィルムに貼りつけられたシールの文字を、ひとつひとつ指さして読み上げた。

「どれもおいしそう」

茉子の言葉に、公園のベンチの隣に座っていた善哉がマスク越しでもわかるほどのくっきりとした笑みを浮かべた。

「そう言うと思った」

そう言ってくれると思った、と善哉は言い直す。こらえきれずに漏れ出したような笑い声も続く。

噴水の公園で会おう、と提案された。両者の住まいの中間地点にある公園だった。公園の正式な名をどちらも知らなかったが、「噴水」で通じたという、ただそれだけのことが茉子の心を弾ませた。

円形の噴水を中心に石畳が広がり、石畳を取り囲むように桜の木が植えられていた公園は春には花見客でにぎわうが、今は茉子たち以外にはベビーカーを押す家族連れが一組いるきりだ。

公園の奥に設置された遊具にも、子どもたちの姿はない。

　テイクアウト専門のフルーツ大福の店が家の近くにできて、全種類買ったから一緒に食べよう、という善哉の電話を受けた時、茉子はまだ布団の中にいた。目覚ましをかけないのは土曜と日曜の朝の特権だ。いちおう目は覚めていたが、身体の半分はまだ夢に浸《つ》かっているような、なまぬるいけだるさの中にいた。善哉の声を聞くなり、けだるさはどこかに飛んでいった。

　フルーツ大福の紙袋にはトナカイの絵が印刷されている。そうか、もう十二月やもんな、と茉子は思う。洋菓子店なら稼ぎ時かもしれないが、『吉成製菓』にはあまり関係がない。

　あんたらつきあってんの、と亀田に訊かれたのは、先週の半ばだった。

「え？　あんたら、とは……？」

とぼける茉子に、亀田は「小松さんは、うちの息子とつきあってんの？」と訊ね直した。いくぶん口調をやわらかくして。

「あかん言うてるわけちゃうねん、ただどうなんか知りたいねん」

「善哉くんは、なんて言うてるんですか」

「ああ。なんや『フッ、内緒や……』とか、もったいぶられて」

で、どうなん？　あらためてそう訊かれて、茉子は「じゃあわたしも内緒です」と答えた。実際のところ、内緒にするようなことはなにもない。でも善哉がそう言ったのなら、こちらもあれこれ喋らないほうがいいような気がした。

　善哉とは毎日のように電話やメッセージのやりとりをしている。正置のことを相談した日以来ずっとだ。ごはんを食べに行ったこともある。一回だけだが、行ったのは事実だ。

ただ「つきあっているのか」と問われたら、なんとも答えようがない。口頭あるいは文面での「交際をしましょう」「はい、しましょう」という確認をとったわけではない。善哉は「小松さんじゃなくて茉子ちゃんって呼びたいんやけど、ええかな？」と呼称変更についての同意をとるような人なので、善哉側に交際の意思があれば、口頭ないし文書（電子を含む）での提案とこちらの意思の確認、合意の形成、といったしかるべき段階を踏むであろうと予想される。

茉子側の意思については、まず確実に「好きだ」という思いは着実に育っている。フルーツ大福の店の前を通りかかっていちばんに茉子を思い出してくれた。なんてかわいらしいことを言う人なんだとも思う。チョコミントの大福を選んで、直径四センチはあろうかというそれをひとくちで食べて「あ、チョコミントや。すごい、チョコで、ミントや」というような感想を漏らすところも好ましい。なにより、なんでもおいしそうに食べるところがいい。

ただ「善哉くんのお母さんは亀田さん」という事実が心に重くのしかかる。亀田が嫌いなわけではない。でももし今後善哉と交際をすることになったら、茉子の日常には「恋人の母と職場で毎日顔を合わせている」という要素が新たに加わる。もうこれ以上人間関係を複雑にするのはちょっと、というためらいがあるのだった。ただでさえ「はとこの伸吾くん」と「雇い主としての吉成伸吾」を混同するまいと日々気を遣っているというのに。

そもそもこの人がわたしをどう思ってるのかもようわからんしな、と思いながら隣を見て、それから「林檎」というシールを貼られた包装フィルムを毟《むし》り、大福を頬張る。餡ではなくカスタードクリームがつまっていた。生クリームと合わせてあるから、ふわりと軽くてなめらかな食感だ。いちょう切りの林檎は生ではなく、カラメリゼされていてすこし苦みがある。餅にはシナモンが練りこまれているらしく、食感はまるで違うが香りが鼻に抜けるとアップルパイを食べているような錯覚に陥る。おいしいというよりはおもしろい。ノートを取り出して「おもしろフレーバー」と書き留めた。

「それ、なに」

茉子のポケットから取り出された小さなノートを見て、善哉がふしぎそうにまばたきした。

「あ、これ。よその和菓子食べた時に、メモするねん。たまに、会社で新商品の試食してって頼まれる時があるから。そういう時に役に立つかなって」

商品開発や製造に直接かかわる仕事ではないがいちおう、と言い添えると、善哉は感心したように頷いた。

「そうなんや。一句詠んでんのかと思った」

「フルーツ大福のおいしさを俳句にするってこと?」

「そう」

「それはないわ」

思わず笑い出してしまったが、善哉はいたって真剣なまなざしを茉子に注いでいる。

「茉子ちゃんやったら、それぐらいはするんちゃうかなって思った」

「わたしやったら?」

「うん。なんかこう、底知れないなにかを感じるから」

この人はもしかしたら、わたしの人間の大きさみたいなものを、実寸よりも深く広く推し測っているのではないだろうかという懸念が茉子を襲う。もちろん善哉には好かれたい。でも実寸以上に良く見せても後々良いことがない。

「それはない。ぜったいにない。わたし、どちらかというと全然おもんないタイプやもん」

「そうかな」

「そう。なに食べても本読んでも映画観ても『おいしかった』とか『おもしろかった！』とか『これ、好き！』で終わりやし」

本なあ、と呟いた善哉は空を見上げる。黒目の部分が空を映して、薄青く染まった。

「俺、人生で最初から最後まで読んだ本って一冊しかないわ」

「その一冊、すごい気になる」

「えーとね。あれや、あの、『老人と海』」

中学二年で読書感想文のために読んだ、それきりだという。三年生の時とか高校生の時はどうしたん、と訊ねると、しばらく首を傾げたのち「覚えてない」と呟いた。

「映画は？」

「観るよ。そんなには観てないほうと思うけど」

おたがいに最近観た映画のタイトルを思い出せるかぎり挙げてみる。同じ映画はひとつもなかった。

「茉子ちゃん、いっぱい観てるなあ」

「親が映画好きで。ようつきあわされる」

「いちばん好きなのって何？」

「え、いちばんは決められへんよ」

今度は茉子が空を仰ぐ番だった。ベンチの背もたれに背中が触れると、分厚いコートの布地越しにもその冷たさが伝わってくる。

「じゃあベストテンでもええよ」

「ベストテン。単に好きなの十挙げるなら言えるかも」

「いいよ。挙げてもらったら俺ぜんぶ観るよ、今度会う時までに」

共通の話題をつくろうとしてくれているのだろうか。だとしたら、うれしい。ものすごくうれしいなと思いながら「えっと『モンスターズ・ユニバーシティ』はぜったい入れたいかな」と呟いた。善哉が「あ、観たことある」と身を乗り出す。

「ほとんど内容忘れてるけどな。どんな話やったっけ」

すこし考えてから、自分に向いてないものに憧れた時、どうやってがんばるかっていうお話、と答えた。善哉は「わかるような、わからんような」と首を傾げる。

「あんな、登場人物が基本モンスターやねん。モンスターの世界には『人間の子どもを怖がらせる仕事』っていうのがあってな。怖がらせ屋っていうねんけど。その仕事に就きたくてモンスターズ・ユニバーシティっていう大学に行くの。主人公のマイクはちっちゃくてかわいいモンスターなんやけど、子どもの頃にフランクっていうかっこいい怖がらせ屋に出会うねん。ほんで、そのフランクから帽子をもらうねん。で、自分も怖がらせ屋になる！　って心に決める。その場面が、大好き」

憧れの大人との邂逅《かいこう》を果たす子ども。その憧れの大人から承認のしるしを受け取る。その経験をきっかけに夢を追う。そういったエピソードが茉子は昔から無性に好きだった。ほとんどの子どもは、すくなくとも大人がそう願うほどには無邪気な生きものなんかではない。漠然とした不安を胸いっぱいにためこんで時には眠れぬ夜を過ごし、ときどきわけがわからなくなって泣いたり床を転げまわったりする。そんな混乱を生きる子どもにとって「きみは大丈夫」というスタンプを押してくれる大人の存在がどれほど貴重か。

「俺、もう一回観てみようかな」

「うん。観て、次会った時に感想聞かせて」

「次か。いつにしようか」

善哉がスマートフォンを取り出し、茉子のほうはバッグから手帳を引っぱり出しながら、あまりにも自然に次の約束ができたことに、静かに感動していた。小学生らしき集団が遊具を目当てに公園に入ってきた。彼らのはしゃぐ声は、善哉の声を聞きとるために集中している茉子の耳にはほとんど聞こえていない。

月曜日の朝、出社すると「おはようございます」を言う前に伸吾が「ちょっといい？」と近づいてきた。

「どうしたんですか」

「うん。亀田さんが来てから話そうか」

なにか、よからぬことがおこったらしい。亀田が出社してきて、ただならぬ様子の茉子たちを見て「なにごとですか」とかたい声を発した。

「これ」

会議室の椅子に並んで腰かけた茉子と亀田の前に、封筒が差し出される。退職届、と書かれていた。

「机の上に置いてあった。江島さんのや」

慌てふためいて電話をかけ、いったいどういうことですかと訊ねても「もう決めた」の一点張りで、引継ぎは後々ちゃんとするだの、でもとりあえず今日は休むだのと勝手なことばかり言って電話を切ったという。

「これ、『退職届』やなくて『退職願』って書くべきじゃないですか？　この場合」

茉子は封筒を持ち上げる。

「知らんのかな、江島さん」

「新卒で入社してからずっとこの会社におったし、今までこんなん書いたことないんやろ」

「えー、そういうもんですか？」

小声で言い合っていると、伸吾が「今話すことか！」と額に青筋を立てた。

会議室を支配した気まずい沈黙に耐えながら、茉子は今日までの江島の様子を思い出そうと試みる。

先月あたりから休みをとる回数が急激に増えた。事務所にいてもなんとなく上の空ではあったような気もする。伸吾は「元気がなかった」と言うが茉子にはわからない。そこまで江島に注意を払っていなかった。伸吾は以前、江島について「家庭の事情でいろいろ大変そう」と語っていた。茉子はその「事情」の詳細を知らなかったし、とくに知りたいとも思っていなかったため、今も知らないままだ。

「なんか聞いてませんか？」

仲吾が亀田に向かって大きく身を乗り出した。

「なんか、て言われても」

「同期でしょ？」

「同期、と言われても、ね」

亀田は困ったように頰に手を当てたのち「同期といっても仲が良いわけでもないし、江島さんの気持ちはよくわかりませんが、とにかく会社を辞めたい、いうことでしょう」と、いつもの冷静な口調で言った。

「だから、俺はその理由が知りたいんです！」

涙目になっている仲吾を持て余し、茉子はさりげなく亀田と視線を合わせる。亀田の目は相変わらず色素が薄く、今なにを思っているかはよくわからない。

「その理由、わたしらが今ここで三人で話し合ってもわかるわけないと思います」

もう一回江島さんに電話してみましょう、と茉子が提案すると、仲吾は小刻みに頷いた。前髪が乱れて剝き出しになった額が、着けているマスクと同じぐらいに白い。

震える手で受話器を持ち上げる仲吾を、茉子は黙って見守る。電話に出たのは江島の妻らしく、時折声が漏れ聞こえてきた。はい、はい、と相槌を打つ表情が次第に曇っていき、仲吾は電話を切るなり机に突っ伏した。

「ええと……だいじょうぶですか？」

「うん」だか「ううん」だかわからないくぐもった声が、伏せた顔の下から漏れ聞こえる。江島は、家にはいないのだという。

「お母さんのところやって」

仲吾は机に伏せたまま、弱々しく言う。

「スマートフォンにかけてみましょ」

とりあえず茶でも飲んで落ちついてくれや、と切に願いながら、茉子は受話器を持ち上げる。呼び出し音が聞こえ出してから数秒後に、江島の席でピーピーと音が鳴り出した。

江島の椅子の上に置かれた、黒い持ち手のないバッグには見覚えがある。父の日に娘からもらったと言って見せびらかしていた。

バッグの口は半分開いていて、そこからいくつかのものがはみ出ている。ポケットティッシュ、調剤薬局の名が印刷された薬の袋。薬はおそらく降圧剤の類だろう。江島は日頃から自らの血圧の高さ、およびしょっちゅう薬を飲み忘れることを、ちっとも自慢すべきことではないのになぜか自慢げに話していた。

「薬、なかったら困るよな」

届けてあげたほうがいいよな、と言う仲吾の目にかすかな光が灯《とも》ったことに気がついて、茉子はため息をつく。

「予備があるかもしれないですよ」

「でもスマホも入ってるし」

仲吾はしきりに「届けてあげたほうがいいと思う」と繰り返す。

「じゃあ社長行ったらええんちゃいますか」

「置いといたらそのうち取りに来ますよ」

亀田と茉子はまったく同じタイミングで発言したというのに伸吾は「そうですよね。届けたほうがいいですよね」と亀田にだけ返事している。

「そこまでしなくてもいいと思いますけど」

茉子はつめたく言い放った。つめたくする気はなかったのだが、結果としてそんな口調になってしまった。いや、だってもうええ大人やん。それは、心の中だけで言う。伸吾はおそらく会って引きとめたいのだろう。退職を思いとどまるよう、必死で説得するつもりなのだろう。でもいい年の大人が自分の意思で会社を辞めると決めたのだから、好きにさせてやればいい。

「正置くんの時とは、ずいぶん態度が違うんやな」

伸吾はようやく茉子のほうを見る。睨んでいる、と言ってもいいほど強い視線だった。

「あたりまえです。ぜんぜん違うでしょ。正置さんと江島さんじゃ」

会社に出て来られなくなった人を気遣うことと自分の意思で会社を辞めたがっている人を引きとめることとは意味がまったく違う。そういうことを言いたかったのだが、伸吾の受け取りかたは茉子の意図とは微妙にずれていた。故意にずらしたのかもしれない。

「きみは、自分が『かわいそう』って認定した相手にしか、親身になれんのやな」

かわいそう、だなんて正置にたいしても江島にたいしても思っていない。

「うわ、嫌な言いかたしますね」

「いや、だって、ほんまのことやろ」

突然、伸吾の声が大きくなった。音量の調整を間違えたようなどこか間の抜けた発声ではあったが、大声は大声だ。

「きみが江島さんに冷たいのは江島さんのことが嫌いやからや。そういうの、公私混同やと思うで」

「ちょっと、なんですかそれ？　たしかにわたしは江島が嫌いですよ、でも公私混同してんのは社長のほうやと思います」

つられて茉子が叫んだ時、亀田がぱんと大きく手を打ち鳴らした。

「はい、そこまで。キャンキャンやかましい」

すみません、と伸吾が肩をすくめる。どさくさまぎれに江島を呼び捨てにしてしまったが、それについては伸吾も亀田もなにも言わない。

「社長はそんな状態では仕事にならんと思いますから、江島さんのところに行ってください。打ち合わせもなんも入ってないでしょ、今日は」

亀田は伸吾を甘やかしすぎだと思う。文句を言おうとしたら、亀田は目が合うなり「あんたも一緒に行きなさい」と命令してきた。

「なんでわたしが？」

「社長ひとりやったらあぶなっかしいやろ。はい、行って行って」

亀田は有無を言わさぬ力強さで、茉子の一度脱いだコートをぐいぐい着せかけてきた。ちょっと、ちょっと待って、と狼狽《ろうばい》する茉子は伸吾と一緒に事務所の外に放り出されてしまう。

「じゃあ、まあ。とにかくあの、車出すから」

伸吾は茉子のほうを見ずに言う。

「居場所、わかるんですか」

「江島さんのお母さんの家なら」

行ったことあるから知ってる、と小さな声で続ける。

「なんで行ったことあるんですか」

その質問には答えてくれなかった。無視かい。内心怒りながら、しかしきっぱりと口を噤んで、駐車場の社名入りの白い軽ワゴンめざして大股で歩いていった。できれば後部座席に座りたかったが、段ボール箱がいくつも積まれていて、しかたなく助手席に乗りこむ。

よっぽど江島さんのこと頼りにしてるんやな。運転中の伸吾の横顔を眺めながら、茉子は今日何度目かわからないため息をつく。茉子にとって江島はすぐ「コネの子」呼ばわりしてくるただの不快なおじさんだし、会社を辞めると聞いても「どうぞご自由に」としか思えない。赤信号で停止した時、伸吾が「心配なんや」と呟いた。小さな声だったが、ふたりきりの車内にはじゅうぶんすぎる音量だった。

「江島さんが?」

「そう。『まさか、あの人が?』って人にかぎって、とつぜん心折れる。とんでもないことしでかしたりするねん」

「とんでもないことってなんですか。犯罪とか?」

伸吾は答えない。茉子もしばらく待ったが、すぐに返事を待つのをやめた。

江島の母の家は、市境をふたつほどまたいだ、山沿いの小さな町にある。江島の母は、夫をなくしてからずっとその家でひとり暮らしをしていた。彼女が認知症にかかっているとわかったのは、今年の夏頃の話だ。ひとり暮らしは無理な状態だが、江島の母は施設に入ることを拒んだ。そのため江島は自分と妻が実家に移り住めばいい、と考えた。

「でもわたし、そんなん無理やってはっきり言うたんです」

これはさきほど伸吾が電話で聞いたばかりの、江島の妻の発言だ。

「そしたらあの人、自分ひとりでもやりとげるんやって。なにをむきになってるんか知りませんけど」

青い顔でハンドルを握る伸吾が要領悪く喋ったことを要約すると、だいたいそういう話だった。

「俺な、よう『吉成製菓』の事務所に行っとったんや。小学生ぐらいの時、学校帰りとかに。江島さんらが遊んでくれるから」

二十五年ほど前の話だ。江島もまだ若かった。「伸ちゃん、伸ちゃん」とかわいがってくれた。炊き立てのまだあったかい餡を味見させてくれた、という伸吾の話を聞きながら、茉子はいつのまにか目を閉じた。抗《あらが》えないほどの強烈な眠気を呼ぶほどに、伸吾の昔話は退屈だった。

ふたたび重たいまぶたを持ち上げた時には、車窓からの景色がずいぶん変わっていた。稲を刈り取ったあとの田んぼが続き、私鉄の線路の向こうに山が見える。

「起きた？」

伸吾は赤信号で車をとめるなり、ペットボトルのお茶を差し出した。

「あ、ありがとう」

「よう寝とったな。スウスウ言うてたで」

「えっと……すみません」

話の途中で寝たことについての謝罪だった。伸吾が「ええよ。俺もさっきは言いすぎた」と答え、会話が噛《か》み合っていないと思ったがそのままにしておいた。

「茉子ちゃん、あんま悩みとかないやろ」

車内にふたりきりで気が緩んでいるのか、昔のように「茉子ちゃん」と呼ばれ、つい「伸吾くんは悩み多そうやな」と返した。

「少なくはないな」

「顔面に滲《にじ》み出てるもん」

「顔面言うな」

「なんで」

「なんか、語感が嫌や」

伸吾の意味不明な語感へのこだわりを聞き流し、眠りに落ちる直前まで聞いていた話をまだぼんやりした頭で整理した。伸吾と江島の関係は、伸吾が『吉成製菓』の社長になるよりずっと前からできあがっている。

「伸吾くんが江島さんのこと頼りにしてたのは、有能な社員だからっていうだけやなくて、子どもの頃かわいがってもらったから、っていう理由もあるんやね」

「まあ、それもある」

音量を絞ったラジオから、茉子の知らない曲が聞こえてくる。曲が終わったタイミングで

「江島さんがな」と伸吾が呟いた。

「うん」

「いつも言うてくれてたんや。伸ちゃんは大丈夫や。ほんまは誰よりも強い男のはずや、って」

車内の湿度が急激に増した。もしかして伸吾は泣いているのだろうか。顔を見たくない。もし泣いていたら、いったいどんな言葉をかければよいのだろう。

「俺、子どもの頃は怖がりで根性なしで。ま、今もそうか。でも江島さんだけは、きみは弱くないで、もっと強くなれる子やでって」

茉子は窓の外を眺めながら、曖昧な相槌を打った。かつての江島は、小さな伸吾に「きみは大丈夫」という承認のスタンプを押してくれたただひとりの大人だったのだ。

車がカーブした道にさしかかった時、後部座席でごとりと音がした。積んでいた段ボール箱がずれたようだった。伸吾に「気にしなくていい」と言われはしたが、手を伸ばして位置を直した。こまどりを模した会社のマークを見つめながら、「なんでこまどりやったんやろ」とふいに思う。声に出して言いもした。ひとりごとだった。伸吾が「俺も知らん」とやはりひとりごとのように前を向いたまま呟く。

「伸吾くん知ってる？　こまどりってさ、ものすごく大きい声で鳴くらしいよ」

何年も前にテレビで見た知識だが、伸吾は感心したように「そうなん？」と目を見開く。こまどりは、体を震わせ、頭を空に向けてそれはそれは高く鳴くのだそうだ。

「なんのために？」

繁殖のためとか、仲間に危険を知らせるためとかそらまあいろいろあるでしょ、と言おうとしてやめた。

「わたしが思うに、大きい声を出さないとそこにいないことにされるから、や」

伸吾は黙って運転に集中している。あるいは、集中しているふりをしている。

「黙ってたら、みんな無視するやん。無視していいってことにされてしまうやんか。いないことにしていいってなる。だから、こまどりは鳴くんや。ううん、叫んでるんや。ここにいる、って」

なにが言いたいの、と伸吾が呟く。言いたいことならたくさんあったが、結局「べつに？　こまどりの生態の話やで」と濁してしまった。というよりも、伸吾の顔色がどんどん悪くなりはじめていて、それどころではないように思う。

「朝ごはん、食べた？」

伸吾が首を横に振ると、額に前髪がはらりとこぼれた。

「じゃあ、これあげる」

信号待ちで、おやつにしようと持ってきた塩豆大福を伸吾に差し出した。伸吾は「うちの女性従業員はみんな菓子を持ち歩いてるんやなあ」と困ったように笑った。

「そうなん？」

『こまどり庵』の千葉も中尾も、工場の太田も、みんなやたらと伸吾がごはんを食べているかを気にして、こんなもんしかないですけど、とお菓子をくれようとするのだという。

「やっぱ俺が頼りないから、やろうな」

その人が抱えている問題も、それにまつわる感情もぜんぶその人のものだから、なんとかしてあげたいけれどもなにもできない場合のほうがずっと多い。でも気にかけているよ、ということぐらいは伝えたい。そういう時に、人は食べものを差し出してしまうのかもしれない。茉子は、千葉が栗きんとんをくれた日のことや、中尾が満智花にウエハースを買ってきた日のことを思い出しながら、「頼りないとかそういうことではないと思うよ」と呟いた。

車が左折する。川にかかる橋の上で、ふたりの人間が佇んでいる。いや佇んでいるように見えたが、よく見るとすこしずつ移動している。あまりにも歩行のスピードがのろいので、わからなかった。

「あれ、江島さんやな」

「え、ほんまに?」

思わず身を乗り出して確認すると、たしかに江島だった。勤務中はかっちりと後ろになでつけている髪をおろしているのと、ど派手なオレンジ色のダウンジャケットを纏《まと》っているせいで別人に見えた。隣の女性が江島の母だろうか。

「江島さん」

伸吾が窓から顔を出して声をかける。驚いたように振り返った江島の顔は、遠日にもあきらかなほどにこわばっていた。

「これ、会社に忘れてました」

伸吾が窓から差し出したバッグを受け取った江島は、目を泳がせながら「あ、うん」と頭を下げる。江島の母が助手席の茉子を見るなり「サオリ」と叫び、車の窓ガラスを平手でたたきはじめた。おりてきなさい、と怒っている。あまりの剣幕に思わず車を降りると、いきなり手首を摑まれた。

あんたどこにいっとったんや家のことはほったらかしで、女の子がそんなんじゃあ、サオリ、ほらもっとしゃきしゃき歩きなさいサオリ、とまくしたてながら、江島の母は茉子を引っ張ってどんどん歩いていく。え、待って、なになに、と動揺する茉子に、伸吾が「車停めてくるから待って」と叫んだ。待って、と言われても江島の母が歩みをとめないので、どうしようもない。

「江島」という表札のかかった家の門扉が開きっぱなしになっていて、江島の母はそこに入っていった。狭い庭だが藻だらけの池もある。

「お母さん、そいつはサオリとちゃうねん」

江島が割って入ってきて、江島の母の手をむりやり振りほどいた。江島の母が「なにすんの」と身をよじり、その反動で茉子はふらつき、池に落ちた。

浅い池に尻餅をつき、一瞬目の前が緑色に染まった。水が袖や襟から流れこみ、茉子はその冷たさに小さく悲鳴を上げる。

申し訳ない、という言葉とともに、江島の頭が下がる。普段は後ろになでつけている髪が、今はぼさぼさと四方八方に揺れている。つむじのあたりはずいぶん薄かった。『吉成製菓』に入社して八か月経ったが、これまでに江島から謝罪されたことなど、一度もない。

「いや、江島さんのせいではないので」

ためらいながら口を開いたが、江島はまだ顔を上げない。江島から目をそらして、ストーブの上に置かれたやかんと、やかんの口から白く細く立ちのぼる湯気を見つめる。

江島の実家はたいへんに古く、板敷きの廊下はどこを踏んでもみしみしと音がする。マンションで生まれ育った茉子には山間《やまあい》に建つ一軒家というものが珍しい。そんなことをしている場合ではないと思いつつも、つい観察してしまう。テレビの脇に誰かのお土産らしきこけしが置いてあった。チラシで折った箱がテーブルの上にあって、そこに蜜柑の皮が捨てられているのも、ふしぎな柄のこたつカバーも、すべてが新鮮だ。

池から引き上げられた茉子は、江島の母の服を借りるしかなかった。古びたフリースは茉子にはすこし大きいし、樟脳《しょうのう》の匂いがする。

江島の母はこたつではなく、部屋の隅に置かれた椅子に腰かけ、先程からずっとにこにこと伸吾を見ている。家に入ると江島の母は伸吾を「タケシ」と呼びはじめ、伸吾はそのたびに「なに？　どうした？」とやさしく返事をする。茉子同様誰かと間違えられているというのに、堂々たるものだ。

申し訳ない、とまた言った江島が立ち上がり、台所に消える。そのまま十分以上経過したが、なかなか戻ってこない。ずっと戸棚かどこかを探るような物音が聞こえている。正座した足をこっそり崩した時、江島が頭をかきながら戻ってきた。

「ちょっと、お茶の葉のしまってある場所がな」

「あ、おかまいなく」

「おかまいなく」

茉子と伸吾の声が揃い、江島はばつが悪そうに伸吾の向かいに腰を下ろし、目を伏せる。

伸吾が口を開きかけた時、江島の母がなにか言った。茉子にはよく聞きとれなかったが、江島はすぐに立ち上がる。

「ちょっとすいません」

江島は母の手を引いて、居間から消えた。

ふたたび戻ってきた時には、江島の母の姿はなかった。眠たいと言うから部屋に連れていったと、江島が説明してくれた。

「ほんま、わざわざ届けてもらって」

江島がもじもじとこたつの上に置かれたバッグのふちを弄り出した。会社にいる江島とは別人のようだ。常に発している周囲への圧のようなものが消滅して、ひとまわり小さくすら見える。

さっき見てもらったとおりの状態なんで、と声をひそめて、自分の母が座っていた椅子のほうを見やる。今朝がた、早めに出社したのだが、近所の人から「お母さんが徘徊《はいかい》しているようだ」という電話を受けて、あわてて飛んできたらしい。

「うちでひきとろうと思うとったんやけど、母はここから離れたがらへんし、でもひとりで置いとくわけにはいかんし。ほんまは家族でこっちに移住したかったけど、嫁から反対されて。あいつ、そんなん絶対無理やて……」

ぎゅっと顔をしかめてから、痰《たん》が絡んだような咳払いをひとつふたつする。

「遠いけど通勤でけへん距離ではないし、嫁がここにおってくれるんなら会社まで辞める必要はないはずやってんけど、まあその」

とにかくご迷惑かけます。その言葉とともに、江島の頭が下がった。額がこたつの天板に触れそうなほどに。

「江島さん、そんな」

伸吾は泣きそうな顔で両手を上げたり下げたりしている。

「あの」

茉子はおずおずと声を発する。

「サオリさんとタケシさんって誰ですか」

姉と弟や、と答える際、江島は苦いものを口にしたような顔をした。姉は大阪市内に住んでおり、弟は九州にいるという。

「遠方の弟さんはともかく、お姉さんには頼れないのでしょうか」

茉子の問いに、江島はなぜか気色ばんだ。

「姉の手は借りん」と首を横に振り「俺が会社辞めてここで暮らすのが正解なんや。それしかないねん」と俯いて、やや早口で続けた。お茶の葉の置き場所もわからない家で？　とは思うが、もちろん口には出さない。

みし、という音が聞こえた。だんだん近づいてくる。部屋で休んでいたはずの江島の母が戻ってきたらしく、茉子は振り返った。

「お母さん」

どうしたん、と近寄った江島の言葉が終わらぬうちに、江島の母の腕が振り上げられた。ばちんという大きな音が響き渡る。江島の母はなにごとかを喚きながら、江島の胸を、腕を、背中を激しく打ち続けた。なんとか聞きとれたのは「またきょうだいをいじめてんのか」「お前はほんまにどうしようもない子やな」という言葉のみで、それさえも江島の「お母さん、落ちつこう」「お母さん、な、頼むから」という声にかき消される。茉子にはなにがなんだかわからない。部屋で寝ていたのではなかったのか。どうして急に怒り出したのか。

江島がなんとか黙らせようと躍起になればなるほど興奮が増していくようだった。皺のよった口もとから唾が飛び、目が真っ赤になっている。

「あんた、なんでお母ちゃんが怒ってるかわかるか？　な、わかるか？」

伸吾が飛びかかるようにして江島と江島の母のあいだに割って入った。

「タケシ」

江島の母は唾を飛ばして喚き続ける。

「タケシ、お兄ちゃんはあかんな。あかん子や」

サオリからも言うてやって、なあ、と茉子に訴えてくる。どうしていいかわからず、ひとまず江島の母に近づいて、おそるおそる手を伸ばした。ほんの一瞬ためらいを感じた自分を恥じながら、そっと背中を撫でる。触りたくない、と思ってしまった。なぜかはわからない。考える前に身体のほうがはやく江島の母を拒んだ。

茉子に背中を撫でられ、伸吾から何度も「大丈夫ですよ」と囁かれているうちに、江島の母は大人しくなった。江島の母は伸吾の手を摑んで離そうとしない。

「ちょっと、外に出よか」

江島が茉子に声をかける。茉子は大人しくついていった。

茉子の祖父も祖母も、ずいぶん前に死んだ。両親はまだ若い。どうかすると自分よりも元気だ。茉子は「老い」というものを、至近距離で眺めたことがない。派手なオレンジ色のダウンジャケットを着こんだ江島が振り返った。

「へんなとこ見せてしもたな。びっくりしたやろ」

顔色悪いぞ、と茉子を気遣う江島もまた、冴《さ》えない様子で背中を丸めている。

「いつもあんな感じですか」

「そうや。脈絡もなく怒り出したり、外に出たがったりする。そういうもんなんや。まあ、人によって違うんやろうけど、症状の出かたは」

「すみません。びっくりして」

頭を下げると、江島がふんと息を漏らす。事務所でしょっちゅう耳にする笑いかただったが、いつもより勢いが弱かった。

「そうか。いつ何時《なんどき》もふてぶてしいっちゅうか、かわいげのないやつやと思ってたけど、動揺することもあんねんな」

「ありますよ、いっぱい」

江島はちょっと驚いたように茉子を見て、まあ、きみもふつうの若い女の子やったっちゅうことか、とひとり納得したように頷いた。ふつうの若い女の子ってなんやねんと苛立ちながら「ふつうの若くないおじさんだって動揺することぐらいあるでしょ」と言い返した。ひねりのない返しだが、今はこれが精いっぱいだ。

「その程度のことでいちいち動揺しとったらつとまらんのやで、男は」

うそつけ、と茉子は心の中で毒づく。そんなわけあるか。男だろうが女だろうが、叩かれたら痛いに決まっているだろうが。

家の中から江島の母と伸吾が話す声が漏れ聞こえる。時折、笑い声も混じった。

「昔から、年寄りに好かれる子や」

「くわしいですね」

「長いつきあいやからな」

江島が入社した頃の『吉成製菓』は、工場で高齢者を雇うことが多かった。

「うちの母もいっとき工場に勤めてたことがある」

当時はこの家ではなく『吉成製菓』の近くに住んでいた。この家はもともと江島の祖父母のものなのだという。祖父にあたる人が身体を壊したことをきっかけに、江島の両親はここに移り住んだ。

「社長は、子どもの頃いつも『吉成製菓』に遊びに行ってたんですよね。車の中で聞きました」

「そうや」

その頃はカズオミさんもおったしな、と江島が呟く。カズオミさんって誰だろうと思ったが、話の流れを邪魔しそうなので質問しなかった。

「カズオミさんも伸、社長のことかわいがってたからな。母親が違う言うても弟やからな、やっぱり」

「え？　弟？」

嚙み合わない会話をしばらく続けて、茉子は知る。カズオミさんとは以前『吉成製菓』に勤めていた原田《はらだ》一臣《かずおみ》という男性で、伸吾より二十歳上の兄だという。会長の前妻の子だから、伸吾とは異母兄弟になる。

「その人、知りません」

そうか、と驚いたように江島は目を丸くした。いつものように「そんなことも知らんのか」とは、さすがに言わなかった。

会長は二十三歳の時に最初の結婚をし、男児が生まれた。それがその一臣さんだった。しかし一臣さんの母は、息子を連れて家を出ていった。その後はしばらく、会長と会わなかった。

一臣さんは十五歳で京都の老舗和菓子店に弟子入りし、和菓子職人としての修業をはじめた。会長とは成人してから再会した。両者のあいだにどのようなやりとりがあったのかは不明だが、一臣さんは『吉成製菓』に入社することになった。その頃にはもう会長は現在の妻と再婚しており、すでに伸吾も生まれていた。

ずっと伸吾は、自分と同じくひとりっ子だと思っていた。

考えてみると、会長と伸吾はかなり年の離れた父子だ。しかし、それについて深く考えてみたことは一度もなかった。結婚が遅かったとか、結婚してすぐに子どもができなかったとか、世間的にはべつにめずらしいことでもなんでもない。

「会長、ほんまは一臣さんに会社継いでほしかったんやと思うわ」

「その人、どうしてるんですか、今」

江島は驚いたように「そうか、それも知らんのか」と呟く。

「死んだんや」

死んだ。呆然《ぼうぜん》としながら、繰り返す。茉子の知らないその人は、知らないままにこの世を去っている。

「ええ人やったで。俺たちふたりで伸ちゃんをドライブがてらこの家に連れてきたことも何回もある。カブトムシの捕りかた教えたり、スイカ食うたりな。母も『孫ができたみたいや』言うてよろこんで。そのわりに俺の娘や息子の時は、ま、うん。その話はええわ、今は」

「そうですか」

江島はさきほど茉子が落ちた池を見つめながら、言葉を継ぐ。

「俺は親を喜ばせたことがないねん。姉ちゃんと弟は出来がよくて、真ん中の俺だけ出来が悪かったし、無理もないけど。ははは」

きょうだい三人同じことをしても自分だけが叱られた、いつも比較された、大人になってからもそれは変わらなかった。就職した会社、配偶者について、子どもが生まれてからはその子どもの出来について比較され続けた。しつけがどうだ、成績がどうだと。

劣っているとされるのは常に江島だった。茉子はポケットに手をつっこんでその話を聞いていた。指がかじかんで、内布にふれても感覚がない。

「親なんて理不尽なもんや。同じことしても、ひとりだけが怒られる。その点、仕事はええわ。実績をあげたら、かならず認められる。ちゃーんと評価される。筋が通ってるわ。俺はな、『吉成製菓』に入って、はじめて楽しいと思えるようになった。ああ、生きてるって、楽しいなあって」

遠くの空を、数羽の鳥が横切っていくのが見えた。鳩《はと》かな。カラスだろうか。ここからでは判別できない。茉子は名前のわからない鳥のゆくえを目で追う。

くっ、という息が隣にいる人間の喉から漏れた。

「姉ちゃんも弟も今ではろくに実家によりつきもせんのやで。あんなにかわいがられとったのに」

なんでお母ちゃんが怒ってるかわかるか。さっきの江島の母の言葉がふいに思い出される。いつか江島が正置を問いつめていた時の口調にそっくりだった。

頼りになる人。『吉成製菓』の人びとは、一様に江島をそう評する。親から得られなかったものを、職場で獲得する人もいる。その江島が会社を辞めてまで親の面倒を見たがる理由が、茉子にはどうしてもわからなかった。そこまで母親に執着する意味が、だ。それこそ筋は通っているとは思うが、心情的に理解しがたいのだ。

ひとしきり喋り終えた江島は疲れたのか、ずるずるとその場にしゃがみこんで煙草《たばこ》を吸いはじめた。

「身体に悪いですよ」

「うるさい」

そそくさと風上に移動する茉子を見て、江島は唇を歪ませる。

「おい」

自分を呼んでいるらしいと理解するのに数秒かかった。いつもコネの子とか、そんなふうに呼ぶ江島は、いまだに茉子の名を正確に覚えていないのかもしれない。

「伸ちゃんのこと、頼むで」

味方が欲しいんです。伸吾は、そう言ったのだという。茉子の採用について「もっと経験のある人のほうがいい」と反対した江島にたいして。

「俺はずっと、ずっと、味方してきたつもりやったんやけどなあ」

煙とともにため息を吐き出す江島に、茉子はなにも答えることができない。

「伸ちゃんに必要なのは俺やなくてお前なんやな」

そんなことはない。だから伸吾はここまで来たのではないか。言いたいことは山ほどある。あんた幼児か。すねるな気色悪い。「ふつうの女の子」とか言うて軽くあつかうくせに嫉妬はするとか、どういうつもりや。

そこまで言うぐらいなら、ずっと伸吾くんのそばにおってやったらええやんか。

玄関の戸が開いて、伸吾が顔を出す。

「あーっ、喧嘩したんか？　あんたら」

サンダルをつっかけた江島の母が出てきて、ずんずんと近づいてくる。江島の母の両手がゆっくりと持ち上がり、また叩くのかと茉子は身構えたが、その手はしゃがみこんだままの江島の頭にのせられた。「撫でる」と「はたく」の中間ぐらいの無造作な動作だった。

「ほんまにかわいげのない、意地っ張りな子や」

頭を深く垂れた江島が、「んぬぅ」というような声を漏らした。その顔をまじまじと見ない程度の思いやりは、茉子もかろうじて持っているつもりだった。

江島を説得することは今日のところは難しいようだった。だが伸吾が車に乗り込む直前に「あの『退職届』は、保留にしときますから」と言った時の江島は心なしか安堵しているようにも見えた。まだ望みはある。もちろん茉子自身は江島とともに働き続けることを望んではいないのだが、辞めたくないのに無理をしているというなら、すべきことがある。

「社長」

呼びかけると、伸吾がミラーを調節する手を止めた。

「会社を辞めずに介護を続ける方法を提案してあげたらいいと思います。介護休業の制度とか、いろいろ使えるものを使って。きっとそのへんのことはぜんぜんわかってないんでしょ、あの人。退職願の書きかたも知らないぐらいだし」

シートベルトがうまく引っぱり出せずまごついていると、伸吾が手を貸してくれる。

「意外やな、きみがそんなん言うの」

「え、いったいなにが意外なんですか」

かちりと音を立てて、ようやくシートベルトがロックされた。

「はっきり言っておきます。江島さんがこれまでわたしにとってきた失礼な態度、発言、すべて覚えてます。今後、許すつもりもない。でもわたしは公私混同なんかしませんから。嫌いな人が相手でもちゃんと仕事しますから」

必要以上に早口になってしまったが、言いたかったことはすべて言えた。

「もしかして、俺が言うたこと気にしてる？」

マスクの下で、伸吾の頬が持ち上がる。今日、はじめて笑った。

「もしかしてって。なんですかそれ、気にするに決まってるでしょう」

窓ガラスごしに、まだ家の前に立っていたふたりに頭を下げた。江島が着ていたオレンジ色のダウンジャケットを着せかけられた江島の母は、手を振るでもなく、無表情でこちらを見ている。

「情けない。社長として、なんにもでけへん。恥ずかしい」

伸吾が弱々しく呟く。情けなくてもいいとわたしは思いますけどね、と茉子は言ったが、伸吾はたぶん聞いていていない。

誰よりも強い男になれるという江島の承認は子どもの頃の伸吾を支えたかもしれない。でも今の伸吾に必要なのは、むしろ「強くなくてもいい」という言葉ではないのだろうか。

わたしは何度でもそう言ってあげる、と思うが、それは伸吾が欲しがっている言葉ではないし、伸吾が認めてほしい相手も別の人間なのだろう。

車が走り出し、ミラーに映ったふたりの姿がどんどん遠ざかっていく。

「花みたい」

「え？」

「あの服。あの派手なオレンジ色」

大きな花が一輪だけ咲いているように見えると茉子が言うと、伸吾はバックミラーに視線を走らせ「ほんまやな」と頷く。車がゆっくりとカーブを曲がって、花は茉子の視界から消えた。

「江島さんは、お母さんに認めてほしいんかな」

シートベルトの位置を調整しながら、茉子は呟いた。もしかして、きょうだいたちが放り出した介護を自分が引き受けることで、母親に認めてもらおうとしているのではないだろうか。

「承認って大事やな。大事なんやろな、すごく。でも他人に求め続けたら、きりがない。伸吾くんもそう思わへん？」

伸吾はこちらを見ずに、前を向いたまま「じゃあ、どうすればええの」と問う。

「わたしは、自分で自分を認めてあげるしかないと思うよ。だって、それしかなくない？　他人にばっかり期待してても幸せにはなられへんと思う。違うかな？」

伸吾は答えない。しばらく車を走らせてから信号にひっかかり、そこでようやく口を開いた。

「きみはたまに、ぞっとするぐらい残酷やな」

「え、それどういう意味？」

茉子の問いかけは、さきほど同様に無視されてしまう。

車は走り続ける。窓の外の、後方に流れていく景色を、何度も振り返ってたしかめた。車の外に、なにか大切なものを落としてしまったような気がする。でもそれがなんなのかは、自分でもよくわからなかった。

第六章　空と羽

口から吐いた息が白くなって、一瞬で溶けてなくなった。夜の冷たい空気を吸った鼻の奥がほんの一瞬鋭く痛んで、あとには痺れたような感覚が残る。茉子はベランダの椅子に腰を下ろしている。この寒い二月の夜に、いったいなぜわたしはベランダにいるのだろう、と思いはじめてもいる。

そうだ、自分の部屋にこもっていると思考がどんどん暗いほうに進んでいきそうだったからだ。外の空気を吸って、いったんリセットしようと思ったのだった。

ベランダには三脚椅子が置いてある。数年前に父が買ってきた。一瞬で開くことのできる、キャンプ用の折り畳み椅子だが、キャンプに行くことなどないので、一年中ベランダに置きっぱなしになっている。

母はときどきここで朝食やおやつを食べているらしい。寒い時期に外であったかいもん食べるのっておいしいやん、と彼女は言う。言いたいことはわかるけれども、それは見晴らしの良い山の上とかきれいな海辺とかそういうシチュエーションのことではないのかなと思いもする。茉子と両親が住むこのマンションのベランダから見えるのはいくつかのビルと住宅とマンションだけだ。夜景と呼ぶにはすこし心もとない、けれどもけっして暗くはない夜の街を眺めながら、茉子は椅子の上で膝を抱えた。背後でガラス戸が開いて、父が顔を出す。

「茉子、ほれ」

父が膝掛けと、保温マグに入ったコーヒーを差し出す。

「お母さんがな、持っていってやれって」

ありがとう、と受け取って振り返ると、ガラス戸ごしに母が居間のソファーに寝転がっているのが見えた。

「お父さん。心配せんでもだいじょうぶやからね」

「なんのことや？」

「お母さんにも言うといてよ。だいじょうぶやって」

父はそしらぬ顔で「ああ、寒」と大げさに身震いしている。

「それ飲み終わったら、部屋に入りなさい」

茉子の返事を待たずに居間に戻っていった。

両親は昔から茉子の変化に敏感だった。学校や職場でなにかあるたび、茉子がなにも打ち明けなくてもさりげなく気を遣ってくれる。そういうものなのだろう、と思っていた。親という人種があたりまえに持つ習性で、すべての子である人びとは家庭においてひとしくそのように扱われていると思いこんでいた。違うと知ったのはごく最近のことだ。

きみはたまに、ぞっとするぐらい残酷やな、という伸吾の言葉が、年が明けてしばらく経った今でも、忘れられない。それどころか日に日に茉子の中で存在感を増していく。わたしはそんなにも残酷な人間なのかと、繰り返し自問している。

　みんなと仲良くできなくていい、嫌いな子がいてもいい、でも他人には敬意を払いなさい。茉子が子どもの頃、両親はしつこくそう言った。その教えに従って生きてきたつもりだった、でも敬意のなんたるかをつきつめて考えたことはない。

　江島はまだ会社をやめていない。現在は介護休業中ということになっているが、日数が限られているため、その後は単なる休職あつかいになる。江島が抜けた穴を埋めようとしているのか、伸吾は今まで以上に忙しく外を回るようになり、最近ではほとんど事務所で顔を合わせることがない。

　一度、「だいじょうぶ?」と声をかけたことがあった。今までにも何度となく、そうしたように。伸吾はかたい表情で茉子を見つめて「なにが言いたいの?」と訊ね返した。

「いや、だって顔色悪いし」

　休んだほうがええんちゃうかなって、という茉子の言葉を遮るように、伸吾は「だいじょうぶやって」と声を張り上げた。そんなに何べんもだいじょうぶかだいじょうぶかと質問しないでくれ、頼りないと言っているのと同じだ、というようなことを言いもした。

　どうしてそんなふうに悪い意味にばかり受けとるのだろう、と思った。なにを言っても口論になるから、距離を置くことにした。仕事に関すること以外まったく話さないという日々が今も続いている。

　椅子の上で膝掛けにくるまる。スマートフォンを取り出して、もう何度読んだのかわからない、善哉とのメッセージのやりとりを読み返す。

『モンスターズ・ユニバーシティ』観たよ。子どもの頃に憧れの大人に承認されるみたいなシチュエーションに憧れるって前に茉子ちゃんは言うとったけど、俺はああいう経験って足かせにもなるんやろなあって思うかな。

あきらかに素質がないのにそれでも夢にしがみつく。そうやって人生の時間やらなんやらいろいろ無駄にした人もおるんちゃうかな。俺、少年野球やってたこと話したっけ？　一回な、俺が入ってたチームの練習に、地元出身のプロ野球選手が来てくれたことがあったんよね。その時に「ぼく、プロになれますか？」って質問したんよね。そしたらその選手の人、「あきらめなければいつかぜったいなれるよ」って答えた。まあその後いろいろあって、俺は野球をやめたんやけど、いやまあその程度のもんやったんやけど、もしあの時あの選手の言葉を真に受けて野球を続けてたら、俺はどうなってたのかなって。わからへんけど、プロにはなれんかったと思う。いっぺんは才能を認められたっていう事実にしがみついて生きていくのは、めちゃくちゃ苦しいと思う。

善哉の言いたいことは、よくわかる。でも、それはほんとうに「無駄」なのだろうか。「あきらかに素質がない」のに「夢にしがみつく」時間は、無駄に過ごしたことになってしまうのだろうか。なりたかったものになれなかった人生には、まったく意味がないのだろうか。それは違うような気がするけれども、なにがどう違うのかうまく説明できない。いつだったか瀬川と話した時に、終わった恋愛も自分の歴史だというようなことを言っていたことも思い出す。恋愛とはまた話が違うのかもしれないが。

ガラス戸の向こうの室内が騒がしくなった気がして、振り返ると両親に挟まれた、若い女性の姿があった。女性はベランダの茉子に向かって小さく手を振る。それが満智花だと気がつくのに時間がかかったのは、髪形が変わっていたからだ。長く伸ばしてふわふわと背中に垂らしていた髪が、今は耳がむき出しになるぐらいに短くなっている。ガラス戸を開けて入るなり「え、すごい切ったね」と言ってしまった。

「うん」

似合うわ、と母が言い、父も頷く。茉子もあわてて「うん、似合ってる」と言い添えた。

満智花が差し出した『こまどり庵』の紙袋をのぞきこんで、母が声をあげる。

「これ、よかったら」

「うぐいすもちやね、おいしそう。お茶淹れようね」

ダイニングテーブルに四人でついた時、奇妙な懐かしさを覚えた。帰宅すると、いつも満智花がいた日々。どういうつもりで、と思っていた自分はなるほど、心が狭い。

心が狭くてたまに「ぞっとするほど」残酷。なにひとついいところがない。茉子は暗澹《あんたん》たる思いで湯呑を並べる。

うぐいすもちはこし餡を求肥《ぎゅうひ》で包み、うぐいす粉と呼ばれる青大豆からつくられたきなこをまぶした菓子だ。楕円形にこしらえてから左右をひっぱって細くして、うぐいすの姿に似せる。『こまどり庵』のうぐいすもちは一般的なものより小さいし、かたちも丸に近い。早春のあいだにしか販売しないお菓子で、夕方には売り切れていることも多い。

「わたし、明日引っ越しするんです」

ふいに、満智花が言った。

「え、なんで？」

茉子の問いに、満智花は一瞬目を伏せてからポケットに手を入れる。取り出された数枚のメモ用紙がテーブルに小さな山をつくった。メモはすべて同じ筆跡で、こまごまとした文字で書かれている。

「読んでいいよ」

そう言われて、てっぺんの一枚を手に取る。メモを書いたのは、満智花の父だという。このマンションは自分の持ち物であること、出ていってほしい旨などが書かれている。他のメモも同じような内容で、満智花が勝手にマンションの鍵を替えたことを激しい調子で非難しているメモもあった。

秋頃に郵便受けの前で会った時に、満智花が入っていたメモ用紙を握りつぶしていたのを見た。あのすこし前から頻繁に入れられるようになったという。

「アパート借りて、そこに住みます。『こまどり庵』にも近いし、学校にも近いの」

「学校？」

「うん。製菓の専門学校の和菓子コースに通うねん。夜間コースやし、バイトも続ける予定」

『こまどり庵』で職人さんたちの仕事ぶりを見ているうち、自分でもつくってみたくなったのだという。学費は父に出してもらうことになった。それがマンションを出る条件だそうだ。満智花が出たあとは、満智花の父とその再婚相手が住む予定だという。

「ええの？　それで」

メモの小山に視線を落とすと、はやく出ていって、という文字が目に入る。

「ええねん。もう決めた。お姉ちゃんには学費出してもらうとか甘えすぎって言われたけど」

「ああ、花澄ちゃん？」

「そう。お姉ちゃんはお父さんともお父さんの奥さんとも仲良いし、わたしがあの人たちに反発してるくせにここに住み続けてたことも、学費を出してもらおうとしていることも、図々しすぎるって言うてる。でも貯金もないし、図々しくいこうと思って」

なにげなく下を向いたら、隣に座った満智花の足元が目に入る。ピンクのルームシューズをはいた、茉子より小さい足。母がこのルームシューズを買った日のことを、茉子は覚えている。あの日も、あの日も。いつも、いつも。茉子は心のどこかで満智花のことを頼りない子だと決めつけ、無意識に下に見てきた。

「忙しくなるやろうけど、またうちに遊びに来てほしいな」

母が言う声に、実感がこもっていた。わたしも来たいです、と答える満智花の声にも。

「このメモは、とっておいたほうがええの？」

「いえ、捨てようと思ってたんですけど。なんとなく溜めてしまって」

「そう。そしたらわたしが捨てといてあげるわ」

そう言うなり、母はテーブルの上のメモをさっとかき集め、ゴミ箱に放りこんだ。なにげない動作だったが、空気が一気に軽くなった。母がメモを捨てた、ただそれだけのことで。

「食べましょ」

全員同時に、うぐいすもちを口にいれた。求肥が思ったより長くのびて、父が「ふふっ」と笑い出した。粉がテーブルの上に散らばる。おいしいな、と茉子がしみじみと呟くと満智花が手にしていた湯呑を置いた。

「わたしな、茉子ちゃんが『吉成製菓』に入った時、いいなって思ってん。自分でもびっくりするぐらい強烈に、いいなって」

「うん。そう言うてたね」

いいな、茉子ちゃんは。満智花はたしかにそう言っていた。なにがいいの？　コネで入れるような会社があっていいなってこと？　そんなふうに内心反発していたことも、はっきりと覚えている。

「なんでうらやましく感じるんやろ、もしかしてわたし和菓子に興味あるのかなって。おかしいやろ、自分のことなのに、なんにもわかってなくて」

「おかしくないよ」

「ちょうどその頃に『こまどり庵』でバイト募集のはり紙見て。最初は失敗ばっかりで、でも新しいことを覚えるたびにあの店で働くことが楽しくなっていった。売るだけじゃなくてつくる側にも興味が湧いた」

ずっとわからなかった、わからなくなっていった、と満智花は言う。親の決めた習いごとをして、親が勧めた学校に入って、親が「手堅いし、立派な仕事だ」と喜ぶ職業についた、そうしているうちに自分がなにが好きで、なにに興味を持っているのか、なにがしたかったのか、どんどんわからなくなっていってしまったと。

「茉子ちゃん。茉子ちゃんのお母さんと、お父さん」

ありがとうございました。満智花が静かに言って、深く頭を下げる。

「ここでなにかごちそうになる時も、なんか映画でも観ようかってなった時も、どれがいい？って訊いてくれましたよね。わたしはいつも選べなかった。でもどれがいいかって何度でも訊いてくれた。わたしも自分自身に訊ね続けるうちに、すこしずつわかってきたんです。自分がもともとなにが好きだったか。どんなものに憧れて、どんなことに興味を持っていたか。すこしずつ思い出していったんです。わたしは和菓子が好きで、勉強するのも好き。コーヒーが苦手で緑茶が好き。整理整頓は苦手だけど、拭き掃除はけっこう得意。ほんとうはショートカットにしたかったし、思ったことをはっきり言える人に憧れてた。ここに来て『どれがいい？』って訊かれるたびに、自分がどんな人間なのか、どんな人間になりたいのか、いっこずつ発見していったんです」

鳥が羽を休めるように、満智花はここで時を過ごしたのかもしれない。そうしてようやく飛ぶ力を取り戻し、飛んでいく方向を定めた。

だったら言うべきことはひとつだけだと、茉子は口を開く。

「おめでとう」

ありがとう、と答える満智花の瞳がうるんでいて、茉子はそれをとても美しいと思った。

「なんか手伝うことない？」

茉子は満智花にそう訊ねたが、引っ越し自体は業者に頼んでおり、たいしてすることはなさそうだった。

「じゃあ茉子ちゃん、お祝いして。引っ越し祝い」

もちろん、と快諾して仕事終わりで訪れた満智花のアパートは、茉子にとってあまり馴染《なじ》みのない街にあり、地図アプリを開いたスマートフォンを片手にしばらくさまよう羽目になった。途中で思いがけず満智花が通う予定の専門学校のビルを発見し、そこで地図を見直してようやく、その学校からほど近い路地のつきあたりのアパートを見つけることができた。

建物全体はまだ新しく、日当たりも良さそうで、こういうところならわたしもひとり暮らししたいなあ、という気分になる。

待ってたよー、と出迎えてくれた満智花の肩越しに、先客の姿が見えた。

「どうも」

「あ、千葉さん！」

正座した千葉が、茉子に向かって頭を下げた。テーブル代わりにしているらしい段ボール箱に、菓子箱や紙袋が積み上げられている。早番を終えた千葉が複数の和菓子屋をまわって買い求めてきた生菓子だという。

千葉と満智花はこれまでにも何度か一緒に他店の商品を食べ比べて研究したことがあるらしく、「でも毎回『こまどり庵』のがいちばんおいしいよねっていう結論に達する」と頷き合っている。いつのまにこんなに仲良くなっていたのだろう。すこしも知らなかった。

「そういう時、中尾さんは一緒ではないの？」

茉子が問うと、千葉がふいに真剣な顔を寄せてくる。

「小松さん。これは極秘情報なんですが、中尾さんは辛党なんです」

「あ、そうなんですか」

極秘情報なんや、と思いながら、茉子は頷く。

「そうやで茉子ちゃん。中尾さんって食べたこともないのに、商品の特徴を知り尽くしてるねん。それってすごくない？」

満智花が身を乗り出して言い、千葉も「努力家なんですよ、中尾さんは」と言い添える。ふたりの言葉を中尾が聞いたらどんなふうに感じるのだろう。照れて「もう！」と叫んだり、満智花たちの腕をぶったりするのだろうか、と想像したら笑いそうになる。なぜか、泣きそうにもなる。

満智花の部屋には段ボール箱がいくつか積み上げられているだけで、家具はほとんどなかった。これからすこしずつ買いそろえるのだという。カーテンのドット柄が、殺風景な室内の唯一の彩りだった。満智花にことわってカーテンを開ける。狭いベランダの先、暗がりに隣家の庭の木のシルエットを認める。あれは桜ですね、と千葉が言う。春になったら部屋にいながらにして花見ができる。いい部屋だ、と三人で言い合った。

千葉が箱を開けると、梅やうぐいす、黄水仙《きずいせん》や椿《つばき》を模した上生菓子が現れ、思わず「わ、きれい」と声が漏れた。

満智花がＩＨのコンロで湯を沸かし、お茶を淹れてくれた。緑茶が注がれたガラスの茶器を床に置くと、緑色の影が落ちる。生菓子を食べながら、しばらくとりとめのない話をした。

千葉と満智花は説明が苦手な中尾から断片的に発せられる指導の内容を共有し、マニュアルをつくりあげたらしい。新しい人が入ってきても体系的に教えてあげられる、と笑うふたりが頼もしい。

「わたし、千葉さんと一緒でよかった」

あの時と同じ言葉だが、今は心から「よかったなあ」と相槌を打てる。

「そういえば、前からいっぺん訊きたいと思ってたんやけど、千葉さんってなんで『こまどり庵』でバイトしようと思ったん？」

だって千葉さんってめちゃくちゃ優秀やんか、と満智花は屈託なく続ける。

「もっといい会社に再就職しようと思えば、できたんちゃう？」

いや満智花それは、と止めようとした。人にはそれぞれ、いろいろあるものだ。あまりつっこんだことを訊ねるのは、という茉子の懸念をよそに、千葉はこともなげに「とくに理由はないですね」と答えた。

「とくにないの？」

「はい。『こまどり庵』に入ったのはたまたまです」

「え、そうなん？」

思わず茉子が声を上げると、千葉は「意外でしたか？」と薄く笑う。素敵な物語を期待してませんでしたか？　という質問が続いて、言葉を失った。

「勉強はできるのにとにかく融通がきかないので職場の人間関係でつまずく、みたいな人。そんな人が挫折を経てひょんなことから働きはじめた小さな和菓子屋で成長していく的なじんわり心あたたまるストーリーを」

返答に困る。人にはいろいろあるものだから、などと相手を慮《おもんぱか》る態《てい》で勝手に事情があるに決まっていると決めつけていたかもしれない。

「期待というか、勝手に思いこんでた。なんかよっぽどのことがあったんやろ、みたいな」

さきに満智花が告白し、茉子もあわてて頷いた。

「わたしも。すごい勝手に。ごめんなさい」

「ご期待に沿えずにもうしわけないです」

でも他人は他人なので、と千葉は言う。

「他人なので、基本、自分がしてほしい話はしてくれないものだと思っておいたほうがいいんじゃないですかね。あと規模の大きい会社だから『よい就職先』で、『吉成製菓』みたいな小さい会社に高学歴の人間が入ると人生の失敗だ、みたいな発想もわたしにはよくわからないんです。わたしがこの先どんどん出世していって、いつか『吉成製菓』をとてつもなく大きな会社に成長させるかもしれないじゃないですか」

生菓子の残りを口に入れ、「うん。やっぱり『こまどり庵』のほうがおいしいです」と言い放つ千葉を見ていたら、いつかほんとうにそうなるような気がした。

誰かになにか言う時、無意識に欲しい反応や返事を設定している。そう考えた時、まっさきに浮かんだ顔があった。虎谷に連絡できないのは、虎谷のことを思いやっているからではない。また拒まれて傷つくのがこわいからだ。

スマートフォンを手にとり、メッセージアプリを立ち上げる。虎谷のアイコンが以前とは変わっていて、一瞬とまどう。虎谷は虎谷の時間を生きているのだということを思い知らされる。その時間に自分が割りこむことの是非について考えはじめる前に、口を開いた。

「ごめん、ちょっと出てくる」

声に出して言ってしまえば、それは「今すぐ自分がやらなければならないこと」に変わる。どれほど不安でも。

歩道におり、自動販売機に近づいた。暗がりの中では自動販売機の光だけが、茉子が頼ることのできる唯一の存在だった。だいじょうぶ、と自分に言い聞かせる。いや、だいじょうぶじゃなくても、今やらないといけないことだ。深呼吸を繰り返してから、スマートフォンの「通話」をタップした。


地図を表示したスマートフォンの画面を今一度たしかめて、ビルを見上げる。四階建ての、そう大きくはない雑居ビルだ。いくつかの看板が、ビルの外壁から突き出たように設置されている。株式会社のあとにアルファベットが三つ並んだ社名を、もういちど確認する。文房具を卸売りしている会社であることはホームページで確認済みだった。虎谷は今、この会社で働いているのだ。

電話に出てくれない可能性もある、と思っていたし、実際あの時、虎谷は電話に出なかった。だから、満智花のアパートを出て家に帰る途中で折り返しの電話があった時にはすくなからず驚いた。

「会いたいんやけど」と茉子が言うと、虎谷は数秒の沈黙ののちに「いいですよ」と答えた。虎谷が自分の会社が入っているビルのカフェを指定してきたため、茉子は今、ここにいる。それから今日までの数日間、どう振るまうべきかと考え続けたが、結局わからなかった。どんな態度もどんな言葉も、すべて間違っているような気がする。

約束の時間より十五分もはやかったが、虎谷はすでに席について待っていた。

「あ、ごめん。お待たせ」

「だいじょうぶです。本読んでたんで」

テーブルの上に置かれた本には書店の名入りのカバーがかかっていて、どんな本なのかはわからない。なに読んでんの？　と気軽に問えるような関係でもない。茉子がカウンターに自分のコーヒーを買いにいって戻ってきた時には、本はもう鞄かどこかにしまわれていた。

たまに前髪に手をやったり窓の外をちらちらと見たりする虎谷は、マスクのせいで顔色がよくわからない。

マスクを外して飲みものを口に運びかけた虎谷が「小松さん」と目を合わせずに言う。

「はい」

「もしかして、観察してます？　わたしのこと」

「あ、うん。ごめん。してる」

「心配しなくても、ま、元気ですよ。それなりに」

虎谷は今の会社に入って半年だと言う。『鮒尾フーズ』の時と同じく経理の仕事をしているが、小さな会社なので雑用が多い。茉子と同じだった。

「小松さんも元気そうですね」

頷いて、茉子はコーヒーをひとくち飲む。

「虎谷さん。あの時は、ごめん」

謝っても、もうどうにもならない。自分の気が済むだけだ。それでも、どうしても言いたかった。虎谷の返事はない。下げていた頭を上げると、虎谷が目を丸くして茉子を見ていた。風船の空気が抜けるように唇から細く長い息がもれる。

「……なんや」

八つ当たりしてヨーグルトを投げつけたこと謝れ言われるんか思ってました、と虎谷が呟く。

「まさか」

「そのために呼び出されたんやと思ってました」

なんや、違ったんや。虎谷は小さな声で言いながら、椅子に座り直す。

「虎谷さんに病院で『見て見ぬふりしとったくせに』って言われた時、その通りやと思った。わたし、ずっと隣の席におったのに」

あの時もあの時もあの時も。あきらかに虎谷に非がない事柄で怒られている時も。なんでこの子はちゃんと言い返さへんのやろ、と不思議に思いながら、ただ黙っていた。

「小松さん、いつもわたしに『だいじょうぶ?』って声かけてくれたん、覚えてます?」

「うん」

虎谷はマグカップの縁を指でこする。たしかに何度となくそう声をかけた。茉子なりに心配していたから。虎谷はいつも「だいじょうぶです」と答え続けた。

「正直、まったくだいじょうぶではなかったんです。でもだいじょうぶかって訊かれたら、だいじょうぶですって答えるしかないでしょ。小松さん、あきらかにそれ以外の返答、想定してない雰囲気やったし」

そんなつもりではなかった、と言おうとしてやめる。

「なら最初からそう言えやって思ってます？　ああ、そう、それもよう言うてましたよね。『はっきり言わなわからへんよ』とか『無理なら無理ってちゃんと言いや』とか。それ聞いた時ね、ああ小松さんはなにか不満があったらすぐ言葉にできるだけの反射神経があって、なおかつ今までの人生でそれを周囲にちゃんと聞き入れてもらえてきた人なんやなって思いました。言葉が通じる環境で生きてきた人なんやなって」

わたしは違ったから、と虎谷は言う。正しいことを口にしても「言いかたが気に入らない」とかそんなふうに理不尽にねじ伏せられるということ。ささいな言葉の使い間違いをあげつらわれて、笑われること。要求や要望はすべて「わがまま」と片付けられ、無視されること。ずっとそういう環境にいた、そのうち誰に何を言っても無駄だと思うようになった、口を開く前からあきらめるようになったと、虎谷は内容の重さに比べるとあまりにも静かすぎる口調で語った。

「言わなきゃわからない、伝わらないよ、みたいなアドバイスする人って、恵まれてる人なんですよ、結局。『対話』ってね、言葉の通じる人同士でしか、無理なんです」

でもね、と虎谷は続けて、ふっと息を吐く。

「でも、わたしがだいじょうぶって言ったら小松さんみたいな人はだいじょうぶって安心しちゃいますよね。そういう人ですもん。そこを察して、踏みこんで助けにきてよ、なんて無茶ですよね。でもあの頃は、それに気づきませんでした」

「うん」

「わたし、なんせ余裕なかったから。そのくせ、甘えてたんです。小松さんに苛々しながら、同時に依存してた。わけわからへんでしょ。わたしはあなたにＳＯＳなんか出しません、でもちゃんと気づいてほしいです、どうか気づいてよ、こっち見て、って。我ながら意味不明ですよ、むかつきながら甘えるて。なんだかんだ言いながらわたし、小松さんのことけっこう好きやったみたいです。今喋りながら気づきました」

冷めてしまったコーヒーを飲みながら、虎谷を見ようとして、すぐに目を伏せる。そんなふうに思っていたのか。すこしもわからなかった。

「だいじょうぶって訊く時は相手の返事をあんまり信用したらあかんし、だいじょうぶって答える時は、ほんまにだいじょうぶな時だけにせなあかんらしいです」

勤めている今の会社の上司が、虎谷にそう教えたのだそうだ。いい上司にめぐりあえたんやね、と茉子が言うと、虎谷は「ま、給料は安いんですけどね」とほがらかな笑い声をあげた。

だいじょうぶって訊く時は相手の返事をあんまり信用したらあかんし、だいじょうぶって答える時は、ほんまにだいじょうぶな時だけにせなあかん。虎谷の会社の人が言ったというその言葉を、カフェを出て歩きながら思い出す。虎谷は「また会いましょう」とは言わなかったし、茉子も言わなかった。今日会ってくれた礼だけを口にした。

ほんとうは、自分も前からそのことを知っていたような気がする。「だいじょうぶです」と答える虎谷はどう見てもだいじょうぶではなかったのに、違う訊ねかたを試してみようとはしなかった。まあ仕事への取り組みかたは、人それぞれやしな。そんなふうに自分を納得させていた。でも「人それぞれ」なんて言葉は、問題の本質から目を逸らすための都合の良い言い訳でしかなかった。

　虎谷に会って、謝った。でも「これでいい」と思わないようにしようと茉子はひそかに決意を固める。許されると楽になるが、許してもらうために謝ったのではないことを、忘れてはいけない。

　鞄の底でスマートフォンが振動しはじめる。伸吾からの電話だった。あのファイルどこ、と開口一番訊ねてきた。

「どのファイルですか?」

　電話の向こうはひどく静かだ。返事はない。事務所からかけてきているのだろうか。また休日出勤してるんですか、ひとりですか、と質問を重ねそうになるのをこらえる。

「社長?」

「ほら、あの……」

　言葉が途切れて、直後にがたんと大きな音がした。社長、ねえ、伸吾くん、と何度呼びかけても、やっぱり返事はなかった。


　電話で話している途中に頭ががんがんしてきてその後の記憶がない、と後になって伸吾は語ったそうだ。茉子は電話を切った直後に会長の家に電話をかけ、自分も事務所に向かったが、到着した時にはすでに伸吾は彼の母と近くに住む工場のスタッフによって病院に運ばれた後だった。あらゆる検査を受けたが、異常は見つからなかった。病院では「過労」と診断された。そう聞いている。

江島の抜けた穴を埋めようと、伸吾はこのところ必死になり過ぎていた。その無理が祟《たた》ったのだろうと『吉成製菓』の従業員たちは噂し合っている。誰もがすこしずつ落ち着きをなくし、その表情は冴えない。たよりない、たよりないと言われながら、伸吾の存在が日に日に大きなものになっていたことを知る。

いつもより三十分はやく出勤した。時間外労働は本意ではないが、なにせ人手が足りない。自転車を停めていると、中庭を誰かが横切った。

「誰か」は後ろ手を組み、ゆっくりとこちらに近づいてくる。

「おはよう、茉子ちゃん」

茉子は会長に頭を下げる。電話では何度か話したが、顔を合わせるのは数年ぶりだ。心臓の病を理由に引退したわりにはさほど老けこんでもおらず、むしろこのところの伸吾よりずっと体力が有り余っているように見えた。

事務所に入ると、会長は当然のことのように伸吾の席に座り、引出しを開けはじめた。

「社長は、どんな様子ですか」

「ああ、十時頃こっちに出てくるわ」

今日から仕事に復帰するが、調子が戻るまでしばらくは自分が事務所に出てきて仕事をするという。困ったもんやでとぼやきながら、どこかはりきっているようにも見えた。

この人、ほんとうは引退したくなかったんだよな。そんなことを思いながら、茉子は会長の様子を横目で観察する。洗面所で手を洗って戻ってくると、会長は書類をめくりながらぶつぶつ呟いていた。

「あの、ちょっと質問してもいいですか？」

会長が目を上げる。「喉が渇いたなあ」と返事になっていないことを言った。ふーん、喉が渇いているんですねえ、と頷いていると、会長は苛立ったように「お茶淹れてくれるか？」と言い直した。

「はい。すぐに淹れます」

お茶を淹れるのは得意だし、好きだ。その業務が嫌だと思ったことはない。「喉が渇いた」で察しろと要求するコミュニケーションスタイルが嫌いなだけだ。湯を沸かしながら、会長が「やっぱり伸吾には任せられない、自分が社長に復帰する」とか言い出したら嫌だなと思う。ふたことめには「はりきってる」と言われそうだし、この人の下で働くのは窮屈そうだ。

「うちの祖父のお葬式の時、牡蠣にあたって入院してたらしいですね」

給湯室から声を張り上げる。「えらい昔の話やな」という呆れたような声が返ってきた。

「わたし、あのお葬式の時に『吉成製菓の人』に、『こまどりのうた』をもらったんです。あれは誰だったんでしょう」

目の前にお茶を置く。会長は、考えこむように腕組みした。

「一臣かな」

もうひとりの会長の息子。伸吾の年の離れた兄。茉子の祖父の葬儀には親戚として、また『吉成製菓』の代表として、会長の代理で参列してくれたのだという。

「江島さんに聞きました、昔のこと。一臣さんがいた頃のこと」

あれは性根《しょうね》がやさしかったから、と呟く会長の眼差《まなざ》しに影が差す。

「やさしかったから、いろんなことに耐えられんかったんやろ」

一臣さんは『吉成製菓』に入ってちょうど十年後に亡くなったのだという。部屋に遺書がおいてあったけど「ごめん」しか書いてなくて、と会長が言ったから、茉子は一臣さんの死が自死であると知る。

涙はしょっぱい、お菓子は甘い。ひとりごとみたいに、そう呟いていた人。なみだはしょっぱい、おかしはあまい。聞いたばかりの言葉を繰り返すおさない自分の声が聞こえた気がした。その言葉を自分に教えてくれた人は、もうこの世にはいない。身体の内側をすうと風が吹き抜ける。さびしい、というのとも違う。なにかもっと曖昧な、漠然とした心もとなさがあった。

「なんでか俺の息子はふたりとも、俺に似ずに心のやさしい男に育ってしもうた。やさしくて、そのぶん気が弱い」

伸吾に『吉成製菓』を任せたのは間違っとった、と会長が言ったから、茉子は反論しようとした。そんなことはない、と。でも会長の顔を見たらなにも言えなくなった。強い口調とは裏腹に、会長の瞳が痛みを堪《こら》えるように濡れている。

「二回も子どもに先立たれたらと、考えただけで」

もうこれ以上失いとうない、という悲痛な声が響いてしばらく空中に留まっているように感じられた。茉子はふいにこみ上げた涙を会長に見られずにすむように、給湯室に駆けこむ。

十時をすこし過ぎた頃に、伸吾は出社してきた。入ってくるなり事務所の全員に「迷惑かけてすみません」と頭を下げる。会長が「会議室に入ってくれるか」と言い、まもなく内線を受けた工場長たちも集まってきた。

マスクの上からでもわかるほど、伸吾の頬が細くなっていた。問いかけるような視線を送ってみても、伸吾はそれに気づかない。

会議室に集った全員がなにを言えばいいのか、なにを言ってはならないのか、それを推し測るように顔を見合わせている。

「今回のことは、もうみんな知ってると思うけど」

腕組みした会長が喋り出した。内容はおおむね茉子の予想どおりだった。伸吾にはいずれ会社をやめてもらう。次期社長が決まるまで、自分が会社に出てくる。みんなもたいへんだと思うが協力してほしい、という話だった。

「以上や。仕事に戻ってくれ」

会長が重々しく告げる。誰の意見も求めないのなら、会議を開く必要などない。ちょっといいですか、と茉子は手を挙げる。斜め前の正置がぎょっとしたように上体をそらした。

「社長は、それでいいんですか？」

伸吾ではなく、会長が答える。

「もう決まったことや」

有無を言わさぬ強い口調に怯《ひる》みそうになる。自分の片手の甲に爪を立てて、必死に心を奮い立たせた。

「倒れるまでひとりで抱えこんで仕事してたのは、はっきり言うて失敗やと思います。でも一回の失敗ですぐやめさせるのも違うと思います」

喋りながら、もどかしかった。とうの伸吾は黙ったままでなにを考えているのかまったくわからない。会長からではなく、本人の口から本人の気持ちを聞きたかった。

「ねえ、伸吾くん覚えてる？　ユウヒのこと」

茉子の言葉に、伸吾がのろのろと顔を上げる。

「伸吾くんっていつも、自分が我慢すればいいとかがんばればいいとか、そういうふうに考えてない？　江島さんが抜けた穴埋めようってひとりでがんばって、そんで失敗したら会長の言うこと聞いてあっさりやめますって、なにそれ？　ユウヒをかばって無理してシャリだけのお寿司食べてた頃となんにも変わってない」

「茉子ちゃん」

会長の手のひらがテーブルに強く打ちつけられる。太田がびくっと肩を震わせるのが見えた。正置が心配そうにこっちを見てる。

「なんや勘違いしてるみたいやけど、いくら親戚でもきみが会社のことに口出す権利はないんやで」

わたしは、と言いかけて、呼吸を整えた。胃の底が燃えるように熱かった。自分はいったいなにと戦っているんだろうと思う。あるいは、なんのために。伸吾のためでないことだけはたしかだ。いきおいよく立ち上がって、テーブルに両手をつく。

「口を出します。親戚とか関係ない。社員だからです。権利ならあります。ここにいる全員にあります。社員が会社のことに口出す権利がないなんて、おかしいです」

会長が首を横に振る。ゆっくりとした動作だったが、怒っていることは嫌というほど伝わってきた。

「朝も話したやろ。理解できへんかったんかな？　うん？」

「心配なんですよね、会長は」

「なんて？」

「社長のことが心配で心配でたまらないんですよね」

この先、もし伸吾が二度と立ち直れなくなったら。もし一臣さんのようになったら。もうこれ以上失いたくない、という会長の気持ちは切実なものだ。でも伸吾から社長の立場を奪えばそれで解決すると思っているのだとしたら、きっと間違っている。

違う、黙りなさい、と会長は言ったが、口調はいくぶん弱まっていた。

誰も、なにも言わない。沈黙が永遠に続くかと思われた時、伸吾がゆっくりと立ち上がった。

「会長の言う通り、言われ続けた通り、向いてないのかもしれません。でも」

言葉を探すように、視線を彷徨《さまよ》わせる。

「やっぱり今はまだ、やめたくない、です」

は、と会長が声を上げる。

「なんや今更」

昨日話し合って決めたことやないかと会長が伸吾を仰ぎ見る。

「話し合ってません」

伸吾の声は小さかったが、口調は決然としていた。

「昨日のは、昨日のあれは、会長が言うことをはい、はいって聞いてただけです。あんなのは話し合いと違いますから。ほんとうは、ほんとうはまだやめたくない」

お父さん、という呟きが伸吾の唇からこぼれた。会長、と言い直してから、伸吾が頭を下げる。会長にも、その場にいる従業員全員にも頭を同じように下げた。

「あの」

正置の声だった。臆しているのがまるわかりの態度だったが、それでもしっかりと手を挙げている。

「僕も社長にやめてほしくないんです。さっき小松さんが言うたみたいに、いっぺん倒れただけでやめさせられるとか……僕は以前、社長にやり直しの機会をもらったことも、その前にしっかり話を聞いてもらったことも感謝してます。みんな社長のことたよりないって言うけど、たよりない社長ってそんなにだめなんでしょうか。僕は」

正置は言葉を選ぶように首を傾げてから「けっこう、悪くないと思うんですけど」と言い切り、会長のほうを見た。

「たしかに社長はわたしたちの話を、よう聞いてくれますよね」

太田がおずおずと口を開くと、その隣で工場長が大きく頷く。

「亀田さんは、どう思いますか」

祈るような気持ちで、茉子は問う。亀田は「んんん」と低く声を漏らす。長いあいだ頬に手を当てて考えこんだのち、会長に向き直った。

「親がこの子には無理に決まってるって思う時でも、本人は意外な解決法を見つけてきたりします」

会長が「亀田くんまで、いったいなんなんや」とぼやきながら天を仰いだ。眉がこれ以上ないほど下がりきっている。

「一臣さんのことは」

亀田がいくぶん声を落として続ける。

「わたしたちがどうこう言うことではないですね。気持ちはわかります、なんて、ぜったいに言えません。言いませんよ、会長」

しんと静まり返った会議室に、天を仰いだ姿勢のままの会長が鼻を鳴らす音が異様に大きく響き渡った。

ここにいる全員が、どれだけの事情を理解しているのだろうか。会長にとってとても繊細なことについて話しているらしい、という空気だけを全員が共有している。誰もが息を詰めるようにして、会長を見つめていた。

「でも、社長は一臣さんではないんです。そのことは、忘れたらだめです」

「会長、お願いします。なんとかなりますよ。わたしらもついてるわけですし」

太田の言葉に、会長が「わたしらもって……」と呆れたように鼻を鳴らした。

「いったい、きみらになにができるんや？」

伸吾と目が合った。ふたりとも、まだ立ったままでいる。伸吾の不安そうな瞳の底に、会議室に入る前にはなかったかすかな光が宿っているのに気がついた。そのことが、茉子に勇気を与える。

「たぶん、なんでもできますよ。わたしたち」

ひとりで「なんでも」は無理だ。でも皆それぞれになにかはできるから、それはなんだってできるということだ。そうではないのか、と思いながら、茉子は椅子に腰を下ろした。

善哉が住んでいる町では、月に一度、手づくり市が開かれるという。神社の境内にテントがたち、陶器やアクセサリー、漬物や佃煮《つくだに》や民芸品など、さまざまな店が並ぶ。いっしょにいこうよ、と誘われて、やってきた。天然石ビーズの指輪を吟味し、母へのおみやげにとたわしを買い求めた。善哉はこまごまとした買いものをする茉子についてまわるだけで、なにも買わなかった。茉子ちゃんはこういうのが好きなんちゃうかなと思って誘ったから、とのことだった。

「あそこのさ、おだんごやさんのみたらしがおいしいんやで」

善哉がひとつのテントを指さした。傍らにベンチが設《しつら》えられている。買って、あそこで食べようと言う。

「わたし、みたらしだんごよりあんこがのってるやつが好き」

ならば、とべつべつに買いもとめた。ベンチに並んで腰を下ろし、しばらく黙ってそれぞれのだんごを食べた。餡はひかえめな甘さで、小豆の香りがしっかりと残っている。

「今日はさ、会いたい人だけに会う日、やねん」

善哉がやや唐突に言った。見ると、俯いている。緑茶のペットボトルを握る手に、無意識に力がこもった。

もう二十年以上も前の今日、善哉と亀田の親子は、ふたりで家を出てきたのだという。ほんのわずかな荷物しか持ちだせず、ゲームも漫画もおもちゃもほとんど置いてきた。

「まず、おばあちゃんの家に直行した。お母さんのお母さんな。何年も会ってなかったから」

亀田の夫だった人は亀田の母のことをなぜか毛嫌いしており、実家とのつながりを絶たせようとしていた。だから何年も会っていなかった。離婚を決意してようやく、母娘は会うことができた。顔を見た瞬間に、抱き合って泣いた。善哉は母と祖母が泣くのを、その時はじめて見たという。

その晩、亀田と善哉は祖母がしいてくれた布団に並んで寝た。天井を眺めながらこれからのことを話し合ったのだという。今までより貧乏になるよ。ええよ。いろいろ、お手伝いもしてもらうかも。ええよ。ぼく、がんばる。

さまざまな約束をかわした。嘘をつかないこと。なんでも報告すること。無理をしないこと。その中に、これから毎年今日のこの日を「会いたい人だけに会う日、したいことだけをする日にしよう」というものがあった。これから自分たちはたくさん我慢をすることになるだろう。今までもそうだったし、生きていくというのはたぶんそういうことなんだと思う。でも、だからこそ、年に一度だけでも「好きなことしかしない日」をつくろう、と亀田は善哉にそう提案したのだそうだ。

茉子は話を聞きながら、もしかしたら亀田は、善哉の記憶にその日付が「家を出て、父と別れた日」として固定されてしまうことをおそれたのかもしれないと思った。だから毎年楽しい記憶を積み重ねて、上書きしていこうとしたのではないか。あくまで推測だが。

「だから今日、茉子ちゃんに会ってる」

「うん」

その言葉の意味を嚙みしめながら、でも手づくり市は、と言いかけると、善哉は「ああ」と頷いて笑った。

「それはな、楽しんでる茉子ちゃんを見る、というのが今日の俺のしたかったことやから」

うん、ともう一度答えながら、胸がつまった。でも今度は、と続けたら、声がすこし震えてしまった。

「今度は、善哉くん自身が楽しいところに行こうね」

善哉は茉子をじっと見て、ありがとう、と言った。

好きな映画や味や、楽しめるものが違っても、それでもやっぱり、わたしはあなたに会いたい。その気持ちを伝えたかった。でもなかなか言葉にならなかった。どれほど時間がかかっても、ちゃんと言おうと思った。言わなければきっとなかったことになってしまうから。

「あのね」

茉子が話している途中で、あたりにとつぜんサイレンが響き渡った。いやサイレンではなく女性の声だと認識した瞬間に、背後からがしりと肩を摑まれていた。

「小松さんやないの。善哉くんも！　いやあ！　びっくりした」

江島の妻だ。なぜここに、と驚いた時、正面から亀田があらわれた。「みさきちゃん」とたしなめるような声を出す。みたらしだんごが二本のった皿を持っていた。みさきちゃん、とは江島の妻の名だろうか。名前を持つひとりの人間をこれまでずっと江島の妻、江島の妻と、江島の添えもののようにあつかっていた自分に気づく。

「お名前、みさきさんっていうんですね。漢字でどう書くんですか」

肩にくいこむ指を一本ずつ引きはがしながら訊ねる。

「美しく咲くと書いて美咲ですぅ」

「そうですか」

それ以外の言葉が出てこなかった。常日頃から「謙遜はしない」と心に決めて行動しているつもりだったが、この人の堂々たる態度に比べたら自分などまだまだ足元にも及ばない。

「あら、なに？　あまりにもぴったりすぎて、びっくりしたの？」

胸に手を当て、つんと顎を上げる彼女に、亀田がみたらしだんごの皿を押しつけた。

「飲みもの買ってくるから待ってて」

そのまま立ち去ろうとする亀田の背中を、江島美咲は「えぇー、一緒に行こうや、待って待ってぇ」と声を上げながら追う。茉子はふたりの後ろ姿をぼうぜんと見送った。亀田の「したいこと」は、江島美咲と過ごすことなのか。

「あのふたり、仲良いんや……びっくりした」

茉子の言葉に、善哉は天を仰いで笑った。

「まあ、うちの親はあんなんやし。江島のおばちゃんうるさいし、相性悪そうな感じはするよな、たしかに」

実際うっとうしいとか、むかつくとか、ついていかれへんとか思う時もいっぱいあるんちゃう、と善哉は続け、茉子は何度も頷く。

「でも、相手の全部が好きではなくても、『好き』は成立するで」

さっき茉子が考えていたことと、すこし似ている気がした。ほんまやな、と茉子が頷くのと同時に風が吹いた。まだすこし冷たい風は、ほのかな土や花の匂いを乗せてくる。春がもう、すぐそこにある。


会議の日からさらに二週間の休養をとったのち、伸吾は会社に復帰した。

江島の穴埋めと正置の後釜として、森下《もりした》さんと西田《にしだ》さんという男性が入社した。どちらにも長年の営業の経験があり、仕事の覚えははやかった。まだ入って二か月ほどだが、ずっと前から『吉成製菓』にいたようになじんでいる。

また桜の季節がめぐってきて、だけど今年はなにかと忙しく、のんびりお花見をするような状況ではなかった。おまけに週末の天気予報は雨ときている。

せめて気分だけでも味わおうと昼休みに中庭のベンチで弁当を広げていると、伸吾がコーヒーを片手にやってきた。

「隣、いい?」

口の中がいっぱいで喋ることができない。大きく頷いて、場所を空けた。

「お昼、コーヒーだけですか?」

「いや、出前待ってるところ」

「よかった。ちゃんと食べてくださいね」

「うん、わかってるよ」

頷いてから、しばらくして伸吾は「ありがとう」と言い添えた。

「無理しないで」と制止しても、きっと伸吾はこれからも無理をするだろう。無理をしていることに気づかずに、後戻りできないところまで進んでからやっと気がつくのだろう。ならば、見ていよう。あなた今自覚なく無理してますよ、と教えてやろう。

「会長とは最近、どうですか？」

今でも会社に電話はかかってくる。ただ、週に二度だったのが一度になった。変化と呼ぶほどでもない。

「あいかわらずや」

「それはいけませんね」

「まあ、人間はそんなに簡単に変わったり悟ったり成長したりせえへんのと違うかな、小松さん」

たしかにそうだ、そういうものだ、と頷き合った後、ふたりともしばらく黙った。

伸吾はスマートフォンを操作し、画面を茉子に見せる。短いメッセージのやりとりのあとに、画像が添付されている。

母の車椅子を押す江島の画像だった。あきらかに白髪が増えてすこし痩せたように見えるが、うれしそうに歯を見せて笑っている。安堵を通りこして、いっそ憎たらしくなるほどに元気そうだった。

茉子はそれをしばらく眺めてから「車椅子の横の、その派手なジャージの人誰ですか」と訊ねた。

「デイサービスの人らしいよ」

「え、じゃあこれ、誰が撮ったんですか」

よく見ると、画面上部に表示されたメッセージの送信者の名前は「美咲さん」となっていた。

「結局、夫婦で介護してるってことですか？」

「江島さんはお母さんとこに住んでるけど、美咲さんはまだこっちにおって、でもたまに様子を見にはいくらしい。姑《しゅうとめ》は正直どうでもいいけど、いちおう夫やからね、って」

「へえ」

「だいじょうぶとは言わんけど、だいじょうぶじゃなくてもどうにかしてやっていくしかないからねえ、って美咲さんは言うてた」

茉子はもう一度、画面の中の江島を見やる。そうか、この笑顔は妻に向けられたものなのか、としみじみ思う。

わたしにとってはどうでもいい人でも、誰かにとっては大切な人なのだ。うれしそうにスマートフォンをポケットにしまう伸吾の横顔を見ながら、そのことをあらためて思う。

出前はまだやってこない。茉子が弁当を食べすすめているあいだ、伸吾はぼうっと空を見ていた。言うなら今かな、という気がする。

「あの、黙ってたけど、わたし」

茉子が言いかけると、伸吾は身体ごと向き直って「うん？」と覗きこんでくる。

「ちっちゃい頃に、一臣さんに会ったことあるんです」

伸吾は「そうか」と答えたきりしばらく黙っていたが「あの、なんで」と言いかけた茉子にかぶせるように「なんで死んだんやろうな」と呟いた。

「残ってた手紙には、具体的なことは一切書いてなかったらしい。でも理由を知りたいよな。

俺もや。会長たちはもっと知りたかったと思う。そんなことがあったんなら死にたくなるのも無理ないな、しかたなかったんやな、って納得したかったたやろ。知らんまま抱えてるのって苦しいもん。でも、もう知りようがない。もしかしたら本人にもわかってなかったのかもしれんで。なんの理由もなかった可能性だってあると思わへん？」

それらのことを、伸吾は淡々と、よどみなく口にした。そんなふうに話せるぐらいに何度も繰り返し考え続けてきたことなのだとわかった。

物語を期待してませんでしたか？　このあいだ、千葉にそう訊かれた。ああまた、と息を吐く。また、同じようなことを繰り返してしまった。

「ごめん」

顔を伏せた茉子に、伸吾が「謝らんでもええって」と笑いかける。声に、深いいたわりが滲んでいた。

なにも言わずに、いなくならないでほしい。伸吾にたいしてだけではなく、周囲のすべての人にたいして願う。

「あ、じつは俺も今まで黙ってたんやけどな」

小さく咳払いをした伸吾が明るい声を発したから、ようやく顔を上げることができた。

「なんですか」

「前に偶然小松さんを見かけたことがある」

「え、なに、どういうこと、いつ？」

『吉成製菓』に来てくれと誘うすこし前に、総合病院で、と伸吾は言う。その時茉子の側頭部はべったりと白く汚れていた。外来の待合室を呆然とした顔で横切っていった、と聞かされて茉子は自分が虎谷を見舞ったあの日、伸吾がそこに居合わせていたことを知った。伸吾はその日、胃の痛みを理由に病院を訪れて、外来の順番を待っていたという。

「なんで声かけてくれなかったんですか」

「いや、だってもうあきらかに異様な感じっていうか、青ざめてて。なにあの白いの、バリウム？」

伸吾は茉子に声をかけることができず、無視することはもっとできず、病院を出ていく茉子のあとをついて歩いた。

病室をどうやって出たかの記憶すら、茉子にはない。話の続きを聞くのがこわかった。

「病院の外のバス乗り場にベンチがあって、そこに座ってた。きみはしばらくぼうっとしてるみたいに見えたんやけどな、いきなり自分の顔をこう、こうやって」

伸吾が自分の頬を両手で叩く。ぱちん、と大きな音がした。

「しゃんとした顔になって、それからバッグからパン出して食べてた」

「え？　なに？」

「パンや、パン。いや、お菓子かな。とにかくなにかを食べてた。一点を見つめながら」

「まったく覚えてない」

たくましいなあと感心したのだと、伸吾は肩を揺すって笑う。

「おいおい、茫然自失《ぼうぜんじしつ》みたいな顔しとったのに、とつぜんなんか食いはじめたぞ。たくましいなあって、つい笑ってしまった。おかしかったけど、でも茉子ちゃんみたいな人が自分の会社においってくれたらなあって、そうも思った。そしたら、ほんまに心強いやろなって」

なにも見えなかった、見る気もしなかった。まさにその瞬間に自分を見ていた人がいた。

不意にこみあげてきたなにかをごまかすために、茉子は「あ、そういえば社長」と強引に話題を変える。

「この会社の就業規則、めちゃくちゃ古いって知ってましたか？」

「ああ、うん。まあな」

もっともらしく頷いているが、もしかしたら知らなかったのかもしれない。伸吾の目がわずかに泳いでいる。じっと覗きこむと、たまりかねたように「ごめん、嘘ついた」と白状し、大きく息を吐いた。

「そういう嘘、めんどくさいんでやめてもらっていいですか？　まあいいです。あれ、改定せなあかんと思うんですよ。そのことを相談したいんで、時間つくってほしいです」

そうやなあ、と伸吾は呟き、腕時計に視線を走らせた。

「今日の午後は予定あるから、十八時過ぎでもええかな」

「いいですよ、待ってます。タイムカードは押しませんけど」

念を押したら、伸吾が「わかってるよ」と笑った。吹く風が、桜の花びらを運んできた。地に落ちた白い花びらはまた新たな風にのって、新たな場所に運ばれる。幾度《いくど》もそれを繰り返して、あの花びらはきっと、予想もつかないほど遠い場所にたどりつく。

どこかで鳥が鳴いている。茉子は食べ終えた弁当箱の蓋を閉めながら耳を澄ました。雀《すずめ》ともカラスとも違う。やけに鋭く、大きな声だ。

「な、小松さん。あれ、なんていう鳥やろ」

首を傾げる伸吾に「あれはね、こまどりです」と適当なことを答えた。

「いや、ぜんぜん違うから」

「わかるんですか？」

「うん、だって、調べたもん」

伸吾はあのあと検索して、動画でこまどりの鳴き声をたしかめたのだと言う。

「ほんまに、『ここにいる』って叫んでるみたいに聞こえた」

ここにいる。体を震わせ、空にむかって高らかに声を放っていたと伸吾は言う。

わたしも、ここにいる。そう宣言する自分の声も同じぐらい力強いものでありますようにと願いながら、茉子は深く息を吸った。

初出　「小説すばる」
二〇二三年二月号〜七月号（『こまどり製菓』改題）
単行本化にあたり、加筆・修正をおこないました。

装画　せいのちさと
装丁　岡本歌織（next door design）

寺地はるな（てらち・はるな）

一九七七年佐賀県生まれ、大阪府在住。二〇一四年『ビオレタ』でポプラ社小説新人賞を受賞しデビュー。二〇二一年『水を縫う』で河合隼雄物語賞受賞。二〇二三年『川のほとりに立つ者は』で本屋大賞九位入賞。『大人は泣かないと思っていた』『カレーの時間』『白ゆき紅ばら』『わたしたちに翼はいらない』など著書多数。

こまどりたちが
歌《うた》うなら

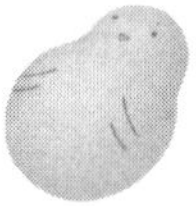

二〇二四年三月三〇日　第一刷発行

著　者　寺地《てらち》はるな

発行者　樋口尚也

発行所　株式会社集英社

〒一〇一-八〇五〇　東京都千代田区一ツ橋二-五-一〇

電話　〇三-三二三〇-六一〇〇【編集部】

〇三-三二三〇-六〇八〇【読者係】

〇三-三二三〇-六三九三【販売部】（書店専用）

印刷所　TOPPAN株式会社

製本所　加藤製本株式会社

ISBN978-4-08-771864-5　C0093

集英社文庫　寺地はるなの本

大人は泣かないと思っていた

時田翼三十二歳、農協勤務。趣味は休日の菓子作りだが、父は「男のくせに」といつも不機嫌だ。そんな翼の日常が、真夜中の庭に現れた〝ゆず泥棒〟との出会いで動き出す（「大人は泣かないと思っていた」）。小柳レモン二十二歳。バイト先のファミリーレストランで店長を頭突きしてクビになった。偶然居合わせた翼に車で送ってもらう途中、義父の小柳さんから母が倒れたと連絡が入って……（「小柳さんと小柳さん」）ほか全七編。恋愛や結婚、家族の「あるべき形」に傷つけられてきた大人たちが、もう一度、自分の足で歩き出す——色とりどりの涙が織りなす連作短編集。

（解説／こだま）

水を縫う

手芸好きをからかわれ、周囲から浮いている高校一年生の清澄。一方、結婚を控えた姉の水青《みお》は、かわいいものや華やかな場が苦手だ。そんな彼女のために、清澄はウェディングドレスを手作りすると宣言するが、母・さつ子からは反対されて——。「男なのに」「女らしく」「母親／父親だから」。そんな言葉に立ち止まったことのあるすべての人へ贈る、清々しい家族小説。第九回河合隼雄物語賞受賞作。

（解説／太田啓子）